le marcheur de fès

ÉRIC FOTTORINO

le marcheur de fès

calmann-lévy

COUVERTURE
Maquette : cedric@scandella.fr
Photographie : © Neurdein/Roger-Viollet

ISBN 978-2-7021-4485-5

1

Je serais venu te chercher en voiture. Tu m'aurais attendu au seuil de ta maison, en Haute-Garonne. Ou allongé dans la fosse de ton salon marocain, comme un lion de l'Atlas prêt à bondir. Il y a longtemps hélas que la maladie a engourdi tes pattes. Puis nous aurions filé vers les Pyrénées. On aurait coupé l'Espagne de haut en bas. Une manière de césarienne pour exhumer ton histoire. Nous serions remontés au début, jusqu'à Fès, ta ville natale. J'imaginais une succession d'étapes brèves, la route bue à petites gorgées. J'aurais ménagé ton dos en conduisant sans à-coups. Très lentement aussi, occupé à me remplir de ton enfance. Serions-nous jamais arrivés ?

On aurait roulé à la fraîche sous un ciel très bleu. Peut-être aurais-je mis les essuie-glaces. J'avais eu ce geste étrange, la première fois où je m'étais installé au volant de ta voiture, toi à mes côtés, ta canne entre tes jambes amaigries, un des premiers jours de janvier 2009. Je t'avais demandé si tu accepterais que j'écrive nos rendez-vous manqués. Nous étions sur la rocade de Toulouse. J'allais prendre un vol pour Paris. Tu avais balbutié un oui étonné. Il ne tombait pas une goutte de pluie et pourtant les lames de caoutchouc allaient et venaient sur le pare-brise. J'avais déclenché cette danse absurde sans savoir pourquoi. Le besoin d'effacer quelque chose entre nous avant qu'on se parle vraiment. Effacer le silence. Faire place nette et transparente. Pourquoi ne pas commencer un livre par un ballet d'essuie-glaces ? Cela donna *Questions à mon père*. Et ce récit à peine achevé, un flot d'autres questions jaillit encore plus fort, suscité par le courrier que m'adressèrent tes congénères du Maroc, de part et d'autre de la Méditerranée, entre le Royaume et l'Exil. La sentence de Gary secoua mon esprit : « La réponse est le malheur de la question. »

Chemin faisant, nous n'aurions pas parlé de malheur. Pas trop. À la pointe de l'Espagne, tu m'aurais montré ton ancienne demeure d'Estepona, en Andalousie. Le matin par temps clair, regardant loin devant toi, par-delà la mer, tu apercevais le Maroc. « Je me réveillais en voyant mon pays », te souviens-tu parfois, avec la voix blanche de qui ne distingue plus rien. Cette maison, tu l'as gardée des années avant de devoir t'en séparer. La maladie avait ses exigences. Pour être si près des côtes marocaines, tu étais forcément trop loin de Toulouse et de ses hôpitaux.

Je ne devrais pas le dire, mais Andalousie a toujours sonné en moi comme jalousie. Je suis jaloux des lieux où tu es allé, où tu as vécu, des lieux où tu as été heureux et bien portant et où, faute de nous connaître, nous n'avons rien partagé. Cela pourrait être de la tristesse, une mélancolie liée aux temps disjoints qui ne se rencontrent nulle part. Je suis jaloux de tout ce qui a été toi sans moi, une vraie femme amoureuse, quand je suis seulement un fils par raccroc. Donc je ne suis jamais allé dans cette Espagne de ton cœur, héritée de tes lointains ancêtres Megorashim, les Juifs de 1492 expulsés par Isabelle la Catholique, comme je ne suis jamais allé au Maroc que sans toi, sans ton ombre portée, sans ta voix pour me guider, sans tes yeux pour voir à travers les années.

La seule occasion que j'ai eue de frôler ton univers ibérique, c'était l'année de mes six ans. Maman travaillait pour le négociant en vins Alexis Lichine. Elle avait gagné un voyage pour deux sur la Costa Brava. Et quand elle partait à deux, elle partait avec moi. En 1966, le franquisme avait apprêté pour les touristes cette côte déchiquetée. Je me souviens de notre périple au départ de Bordeaux, à bord de sa petite voiture allemande de marque NSU qui ne tenait pas la route. On s'était levés à cinq heures du matin pour gagner d'une traite Palafrugell. La sonnerie du réveil m'avait assommé comme un coup de gourdin. J'avais fini par me lever en bougonnant, dans la nuit noire. « On va nager dans une mer d'huile ! » m'avait dit maman radieuse. J'ai gardé le souvenir de routes encombrées de gros camions qu'elle redoutait de doubler. Elle s'y reprenait à plusieurs fois dans une accélération qui étranglait le moteur et nous effrayait. Là-bas nous avions trouvé le soleil. Des hommes la courtisaient, mais j'étais son homme puisque tu n'étais pas là. Je me suis parfois demandé si, en acceptant ce séjour en Espagne, elle n'avait pas voulu inconsciemment se rapprocher de toi. Comme dans les jeux d'enfants où on crie « tu brûles » quand on se tient à un souffle de la personne cachée. Je n'avais jamais autant « brûlé » à mon insu. Peut-être nous sommes-nous croisés sans nous donner aucune chance de nous reconnaître. Je m'appelais Chabrerie, comme maman, Éric Chabrerie. Tu t'appelais Maman, comme Mamane, Maurice

Maman, et tu ne pouvais être mon père puisque d'après les approximations familiales, tu étais mort à la guerre. Notre drame fut la concordance des temps. Je n'étais jamais là où tu étais. J'arrivais trop tôt ou toi trop tard. Lorsque, enfin, tu as trouvé une maison sur la Costa Daurada voisine, non loin de Barcelone, plus de quarante années s'étaient écoulées depuis mes petites vacances d'enfant avec maman.

Je poursuis comme on poursuit un rêve. Je poursuis sans te poursuivre car dans ce rêve nous roulons de concert, deux oranges « Toi et Moi » au fond d'un panier de raphia. Après Estepona, nous aurions glissé vers Algésiras avant la traversée de Gibraltar. En douceur, à moins que la mer ne se fût cabrée avec la fougue du *toro*, nous aurions gagné Tanger. Tu m'aurais rappelé des souvenirs que je sais déjà, mais j'aurais feint de les avoir oubliés. Nous avons échangé si peu de mots pendant toutes ces années. Je n'aurais pas boudé mon plaisir à entendre une fois encore ta fascination ancienne pour Tanger. Les lumières de la ville internationale, son ambiance anglaise une fois franchies les deux douanes... Les images les plus marquantes seraient remontées : la devanture du magasin Kent et la cabine téléphonique rouge de l'avenue Pasteur, la profusion de banques, la pension du petit hôtel

Dickens, le restaurant bon marché où l'épouse du patron ressemblait à Gina Lollobrigida, et où tu soupçonnais aussi que les chats du quartier soient devenus sur la carte d'appétissants lapins chasseurs. Ce parfum d'Europe t'émoustillait davantage que les bordels peuplés de femmes espagnoles connues, disait-on, pour se signer avant de passer à l'acte et d'offrir deux prestations pour le prix d'une. Le club Polynésie, un Club Med avant l'heure, où tu t'arrangeais pour dîner à l'œil, le soir, ivre de plage et de soleil, et léger d'argent. Tanger où ton père, l'année du brevet, t'avait acheté une chemise diaprée de couleur verte, une montre et des lunettes noires d'acteur américain. À la terrasse d'un café, il t'avait montré un homme cigare aux lèvres, en galante compagnie. Tu l'entends encore te souffler : « C'est Jo Attia, le lieutenant de Pierrot le Fou. Il est traqué par toutes les polices. » Tu n'oublierais pas de sitôt son visage de truand. L'homme avait fait partie du Gang des tractions avant et de la bande de la rue Lauriston avant de basculer vers la Résistance. Tanger où les Fassis juste mariés se rendaient en voyage de noces, à bord du bien nommé *Fès-Tanger*. Plus tard, le temps d'un été, tu avais côtoyé sans t'y mêler la jeunesse dorée de la haute bourgeoisie juive, avec ses soirées privées et chics, ses passeports binationaux, marocains et britanniques ou argentins, enfants d'avocats, d'armateurs, de riches oisifs... Tu n'avais guère goûté la compagnie exubérante de ces *happy few*. Mais ils t'avaient envoyé les effluves de Paris ou de Londres, la possibilité d'une autre vie. Toi, tu étais marocain. Un Marocain qui rêvait de la France si proche. Depuis Tanger, sur les lèvres de la Méditerranée, tu pouvais presque l'embrasser.

Nous aurions poursuivi le voyage. Une fois revenu sur ta terre natale, tu aurais retrouvé l'enthousiasme de tes quinze ans, sinon tes jambes. Tu m'aurais guidé vers Rabat, pour le seul plaisir de revoir la maternité où tu accouchas des milliers de femmes, serras des milliers d'enfants. Là est consigné ton livre d'heures, car on naissait beaucoup à la maternité de la Maréchale-Lyautey, rebaptisée depuis clinique des Orangers. Tu m'aurais expliqué comment tu perfusais par la fontanelle encore palpitante des nouveau-nés au sang vicié. Tu m'aurais rappelé que tu fus le premier Marocain titulaire d'un diplôme français d'obstétrique, et qu'en raison de ta judéité, les autorités médicales voulurent t'empêcher d'opérer. Avant de t'évincer avec l'éclatement de la guerre des Six-Jours, en 1967. On aurait déjeuné chez Latif Daoudi, ton vieil ami ORL, qui semble aussi peu musulman que tu sembles juif.

Vous auriez échangé des anecdotes de carabins, des rumeurs du palais, toi qui t'en tenais prudemment à l'écart. Puis nous aurions repris la route pour Fès.

J'attendais ce moment sans trop y croire. On serait partis ensemble, une semaine ou dix jours, presque assez pour rattraper toute une vie. On n'aurait pas beaucoup dormi. J'aurais tiré le fil de ta vie et tu aurais marché dessus à la manière d'un funambule.

C'est la maladie qui a décidé. Depuis une douzaine d'années, une grappe de tumeurs te ronge les reins. Des boules pareilles à des sangsues. Une IRM, au mois d'août 2012, a rendu le verdict. Tes vertèbres lombaires menacent de rompre à tout moment comme des poutres vermoulues. Il suffirait d'un léger choc pour atteindre la moelle épinière. Et te paralyser pour de bon. Déjà tes jambes te trahissent. Je te vois moins sur ton tricycle géant, plus souvent dans ta chaise roulante. Alors pas d'avion, pas de voiture. Avec un humour involontaire, ou dans l'ignorance de la géographie, ton médecin t'a encouragé à prendre le train. Comme si la SNCF desservait Fès depuis Toulouse, la Red Nacional de los Ferrocarriles Españoles prenant le relais avec une desserte sous la Méditerranée, un tunnel sous Gibraltar. Un jour, peut-être… En attendant, chaque année est toujours la dernière. Tu prolonges ta vie en prolongeant la souffrance. Dans tes yeux parfois je devine ta lassitude à jouer ces prolongations.

Le marcheur de Fès, ce devait être toi. Ce sera moi. Je vais marcher plus vite, moins profond. Tu vas me guider à distance. Je t'enverrai de petits films, des photos. À mon tour de te chuchoter des histoires pour t'en rappeler d'autres. Ce sera sans doute inutile. La Fès qui vit dans ton souvenir n'existe plus. C'est étrange d'aller seul dans la ville où tu as fait tes premiers pas, maintenant que ton corps te lâche.

Je vais marcher pour toi, par procuration. Traverser le vieux mellah où Moshe-Moïse le Fassi est devenu Maurice le Français. Comme tous les tiens. C'est l'itinéraire d'une envie de France. Moins d'un kilomètre sépare le mellah de la ville nouvelle. Une marche vers l'Occident. Le contraire d'une marche forcée ou d'une longue marche. Une marche de rien du tout. Un petit kilomètre pour une vie rêvée puis réinventée entre deux mondes qui s'éloignaient l'un de l'autre, le Maroc et la France, les Juifs et les Musulmans. Déjà je sens la présence de ton père Mardochée, de ton grand-père Yahia le Berbère, qui épousa jadis Zohra Cohen, la nièce du grand rabbin Serfati de Fès. Je sais qu'il n'existe plus un seul Juif au mellah, seulement des cicatrices à l'embrasure des portes, là où étaient jadis fixées les *mezouza* – ou plutôt les *mezouzot,* au pluriel – en signe de prière et de paix. On les retrouve entassées en vrac sur les tables poussiéreuses du musée attenant au cimetière, aux portes du mellah.

Je vais traverser les souks, approcher de la Karaouine. Je me répète ce nom à voix basse. J'ai beau murmurer, il me fait l'effet d'une détonation. Karaouine a des accents de carabine. La première fois que j'ai vu cette imposante mosquée et ses tuiles vernissées, c'est dans ta cuisine à Muret. Une photo grand format aux couleurs délavées, comme si le soleil de Fès n'avait cessé de l'éclairer jusque dans ta retraite française. Cela m'avait paru étrange qu'un Juif exhibe ainsi sur les murs de sa maison un lieu de prière musulman. J'avais encore beaucoup à apprendre sur le drôle de paroissien que tu étais, si tu me permets cette expression de calotin. Après tout, en ton absence, c'est chez les gentils que j'ai risqué mes premiers pas. J'ignorais que la Karaouine était aussi une grande *medersa*, l'une des plus vieilles universités du monde, apparue bien avant la Sorbonne. Un lieu de savoir, de diffusion de la connaissance, un lieu du livre et de l'échange : tout ce que tu as aimé dans ta vie.

Dans ton escalier, tu possèdes un tableau du quai Conti, à Paris, avec le dôme reconnaissable de l'Académie française. À chaque fois tu me demandes si je ne veux pas l'emporter chez moi. Je te sens un peu chagrin devant mon manque d'enthousiasme. J'ai mis du temps à comprendre cette douce insistance. Pour l'enfant juif que tu étais, la France se donnait d'abord par sa langue.

Arrivé à Fès, je découvrirai le cloaque de l'oued à l'eau glacée où, enfant, tu te rêvas champion du Maroc de natation. Je chercherai la rue où ton père vendait du charbon. Le samedi, il attendait que trois étoiles s'allument dans le ciel – signe que la nuit d'après Shabbat était venue – pour s'autoriser une cigarette. Je m'arrêterai devant le balcon de votre premier appartement dans la ville européenne. Devant le cinéma L'Empire où tu resquillais aux entractes. Je scruterai l'Urbaine, immeuble avec ascenseur et terrasse. Avec André Tobaly, ton copain germain comme il est des cousins germains, vous trompiez la vigilance du gardien pour vous engouffrer, excités de peur et de curiosité, dans cet engin moderne que vous preniez pour une fusée. De ce sommet un jour, tu jetas ton tallith, le châle de prière, pour dire non à la religion. Rébellion d'un adolescent révolté devant la mort de sa grande sœur

Hannah, à dix-sept ans. Où est passé le vélo blanc de la jeune fille, que nul n'avait le droit d'emprunter ?

J'interroge le silence de nos vies. Fès va me parler de toi. Et aussi André, revenu vivre dans votre ville natale à soixante-dix ans passés. Il sera mon cicérone, ton double et ton porte-parole à distance, avec sa faconde, ses exagérations, son verbe haut dans sa vaste djellaba blanche, ignorant qu'autrefois les Juifs d'ici étaient tenus de porter du noir pour ne pas se confondre avec les Musulmans. Je traverserai les rues désormais arabes du mellah, l'ancienne place Lyautey, l'avenue Hassan-II qui fut votre *Sunset Boulevard* sous le nom de boulevard Poeymirau. La tête des palmiers était encore si basse – comme vous ils étaient jeunes, à hauteur d'homme – que vous attrapiez les dattes en vous hissant à peine sur la pointe des pieds. J'entends déjà la voix de « Dédé » Tobaly : « Maurice était une gazelle. Il sautait par-dessus les bancs avec une aisance… » Quelques mots anodins qui rouvrent la blessure du temps. La maladie te cloue dans ton fauteuil, plus question même de marcher normalement. Alors, sauter les bancs ! À ton âge – tu es né le 10 février 1936 –, ce sont les souvenirs qui galopent, alourdis de regrets, de chagrins, de tant pis. Je les saisis comme une chance. Ce sont des morceaux d'existence que tu me livres par paquets entiers, un arriéré de confidences, une donation entre vivants.

Lorsque je t'évoque, je ne parviens jamais à dire « mon père ». Je ne dis plus « mon père biologique », une expression trop aseptisée : j'imagine une paillasse et un tube à essai, sans une once d'humain là-dedans. Père naturel ? Je ne connais rien de moins naturel que ces mots. Il m'a tant fallu te chercher, dans mon adolescence, pour te trouver enfin passé la quarantaine. Alors je dis : « mon père marocain », ou « mon père juif ». J'ignore ce qui est marocain en moi, et juif davantage encore. Mais en me voyant je te vois. Et en te voyant, je découvre mon portrait à peine usé. Comme si l'âge nous rapprochait au lieu de nous éloigner. Est-ce une facétie de la génétique, une prescience de notre destinée ? Nos gènes ont comme forcé la ressemblance, avertis par je ne sais quel messager que la vie nous tiendrait à distance l'un de l'autre.

Je me souviendrai toujours de toi. Il me suffira d'ouvrir les yeux et de me regarder vieillir.

J'ai regretté qu'on ne remonte pas ensemble vers ta source. Dès le premier soir dans un *dar* de la médina, je m'étais consolé. Tu étais là. Comme dans un conte de fées. Un conte de Fès.

2

Maintenant il me faut Fès. Connaître Fès. Je ne serai pas vraiment ton fils si mes yeux ne voient pas ce que tu as vu en premier. Je n'imaginais pas qu'il était si compliqué de regarder le Fès d'aujourd'hui en le superposant au tien. Au premier coup d'œil, la ville est incompréhensible, débordant de toutes parts l'écrin rongé des collines, étendue à ne plus finir entre la médina, les palais royaux, les parcs profonds, le mellah défiguré, l'ancienne ville nouvelle et les quartiers modernes aux larges avenues ponctuées de ronds-points incongrus : sur l'un d'eux a surgi une tour Eiffel. Une sorte de râpe à fromage ou de derrick hors d'âge. En attendant, murmure-t-on avec humeur, un arc de triomphe. Une lubie du maire, un certain Shabbat, qui rêve de sa ville en habits de lumière.

Je ne suis pas sûr que ce kitsch serait à ton goût. Pressentant que tu ne pourrais pas m'accompagner, tu m'as beaucoup parlé au téléphone, m'ouvrant au hasard le bric-à-brac de tes souvenirs. Des noms affleurent dans ma conscience, la pharmacie Aurégan, la terrasse des Mérinides, le cinéma Le Bijou, l'hôpital Cocard de la médina, la porte Boujloud, les jardins du palais Jamaï, le quartier chaud de Moulay Abdallah, l'immeuble du Pacha. Qui étaient Émile Frézot, et Gaby Melka, et un certain docteur Hassoun ? Où habitait ta famille dans la ville nouvelle ? Mon esprit se perd. Ton nom est-il Maman ou Mamane ? Quels sont tes liens avec les Abensour, les Elalouf, les Benayoun et les Bensimon, les Charbit et les Cohen, en particulier avec cette Gracia Cohen, dite Degracia, grand-mère de l'humoriste Anne Roumanoff, qui naquit au mellah en 1911, peu avant le début du protectorat français ? Et ta sœur aînée, ta sœur tant aimée, Annie ou Hannah, que lui est-il arrivé pour avoir dix-sept ans à jamais dans une tombe toute blanche du cimetière juif ?

J'ai pris avec moi deux arbres généalogiques que tu m'avais envoyés il y a si longtemps, à une époque où te parler était exclu. Je ne les ai pas perdus malgré mes déménagements, malgré mon indifférence, assuré pourtant de les retrouver dans mon fatras de paperasse. Ils faisaient partie de ces choses qu'on croit inutiles mais qu'on ne se résout pas à jeter, au cas où. La main est déjà au-dessus de la poubelle et quelque chose vous retient, incompréhensible. Ce serait si simple de lâcher prise. Ces feuilles blanches portaient le squelette d'une famille inconnue. C'était surtout des feuilles de route, et je l'ignorais. Une route sinueuse qui démarre, vous ne vous refusez rien, avec le grand rabbin et savant du Moyen Âge Rachi de Troyes. Encore que les dates sont assez fantaisistes dans les documents en ma possession, aux pages scotchées qui se déplient en accordéon à la façon d'une carte Michelin périmée. Je vois apparaître un certain Vidal el Señor vers 1560, puis le temps remonte au début du siècle dernier avec des Haïm Cohen, Simha Maman, Meyer Assaraf, Marcelle Monsonego ou Raphi Botbol. Votre nom, Maman ou Benmaman, serait originaire de Meaman, dans la province espagnole d'Orense, en Galice. C'est la branche de ta grand-mère paternelle, Zohra Cohen, et de son oncle, le grand rabbin Serfati, qui serait un lointain surgeon de Rachi de Troyes. Tu n'y crois pas trop il me semble. Un rapide échange de courriels m'éclaire davantage : par la famille du grand rabbin Serfati vous seriez issus de Rabbenou Tam, petit-fils de Rachi, dont la descendance quitta Troyes en 1306 après que les Juifs furent proscrits par Philippe le Bel. Elle migra en Espagne avant de se retrouver à Fès, chassée par le décret de l'Alhambra qui acta l'expulsion massive des Juifs de la Péninsule, la fameuse année 1492. Fascinante technologie : tu me réponds à distance et sur-le-champ, comme si tu guettais le moindre signe de moi. J'avais raison : tu es là, tu m'emboîtes le pas. Tu es ma mémoire vive.

J'ai emporté encore tous les courriers reçus après la parution de *Questions à mon père*, en 2010. Quand je les relis attentivement, ils éclairent par bribes quelques pièces du puzzle familial, et le chemin obscur de mes origines. Ainsi cette lettre de M. André Elbaz :

> *Je suis né en 1934 à Fès.*
>
> *Je suis allé en classe avec la sœur aînée de Maurice (que vous ne savez pas comment nommer et que tout le monde appelait Ninette), jusqu'à son décès en 1951, en classe de seconde. Je l'ai accompagnée avec ma classe au cimetière de Fès. Elle a eu un accident de voiture qui a fait deux morts : un Hazan (un chantre) et elle.*
>
> *Maurice je l'ai bien connu un été entier où nous étions désœuvrés tous les deux à Fès mais je ne me souviens plus quel été ! 1953... 1954... 1955... ?*
>
> *Je suis aussi cousin avec Edmond Elalouf.*
>
> *Mon arbre généalogique direct est sur GENI, si vous connaissez, soit 2 400 personnes. Les Elalouf n'ont pas voulu y figurer, et par ricochet les Maman n'y sont pas.*

Ah ! J'oubliais, pendant la guerre, mon père a travaillé chez le père de Maurice quelques mois à cause de l'antisémitisme. En quelle année ? 1942 ?

Je ne suis pas certain de tout comprendre. Je sais que ton père Mardochée tenait un commerce de bois et de charbon dans la ville moderne, après avoir vécu dans le mellah. Qu'il était le fils de Yahia Maman, un Juif berbère venu du Tafilalet, dans le sud-est du Maroc, après avoir suivi une caravane jusqu'à Fès, l'année de ses neuf ans. Le gamin, analphabète, s'était mis au service du grand rabbin Serfati. Il avait réussi plus tard dans l'agriculture, acheté des terres – une rareté pour un Juif –, fondé une grande famille, avant de vivre seul dans sa ferme, laissant les siens au mellah, les approvisionnant pour les fêtes en victuailles, à bord d'une somptueuse calèche qui suscitait les jalousies.

Quant à ta grande sœur Ninette, ton aînée de trois ans, je me souviens qu'un jour à l'hôtel Lutétia, après un débat autour des « mondes juifs », une femme a tenu à me parler. Elle a sorti de son sac une photo de collégiens rassemblés autour de leur professeur, en février 1946. Vêtue d'une robe claire qui détonne au milieu d'un groupe habillé de sombre, c'est elle, Ninette. Un visage ovale, expressif et très pur. Un regard qui scrute, comme le tien, avec un port de tête ample et gracieux. Je remarque ses cheveux noirs, ses longues chaussettes épaisses. Sur l'une on a tracé une croix au stylo, pour la désigner à mon attention. Ce qui m'arrête, c'est la blancheur de sa tenue, pareille à la blancheur de sa tombe.

Dans une autre lettre, Guy Aziza, Juif originaire d'Algérie, me questionne sans détour :

> *Croyez-vous qu'il faille, comme chez Roth ou Paul Auster, que son père soit mort ou malade pour que l'écriture se libère ? J'ai ce sentiment. Le partagez-vous ? Est-ce l'apanage des « écrivains juifs » [l'expression est entre guillemets] de presque tous vouloir écrire sur leurs parents ? Avez-vous évolué, depuis ces dernières années, dans votre rapport au judaïsme ou à la judéité ?*

Ces lignes relues à Fès vibrent d'un écho particulier. Je ne me sens pas juif, et encore moins écrivain juif. Je cherche tes racines, pas une religion, pas un peuple. Je sais pourtant qu'il existe un Juif en moi que je ne connais pas, que je ne comprends pas.

Un certain Jacob Oliel m'a écrit un mot très bref :

> *Les Mamane du Tafilalet [il met donc un « e »] se sont déplacés vers Béchar à partir de 1904. Aujourd'hui ils sont en Israël... ou à Vaulx-en-Velin...*

Je m'arrête sur le courrier manuscrit de Maurice Benzimra qui t'a connu autrefois. « Je dois vous dire que je m'appelle Maurice, écrit-il, second prénom Moïse (Moshé), et mon propre père s'appelait Mardochée (Mordechaï). Je suis natif de Fès, Juif marocain, naturalisé français depuis quelques années. » Après un rappel de souvenirs liés à votre jeunesse, il conclut ainsi, d'une écriture soudain tremblée, comme si l'émotion avait gagné sa main : « Et puis certainement que Maurice mérite [hérite ?] un tel fils, comme vous méritez [héritez ?] un tel père. » Je me penche de plus près. « Hérite » est écrit comme « hésite », « héritez » comme « hésitez ». Avant d'être un héritage, notre lien est une longue hésitation.

Une amie, Michèle Berrebi, m'a adressé un courrier en forme de colle : « Ton père t'a-t-il donné un prénom hébraïque ? » Elle me laisse sur cette interrogation en me conseillant de voir le film *Où vas-tu Moshé ?*, qui retrace la fuite des Juifs du Maroc vers Israël au début des années soixante. Avant de partir, je t'ai interrogé à mon tour, histoire de te passer le mistigri. Alors, ce prénom juif ? « À vrai dire, me réponds-tu, ce sont mes parents qui ont proposé un second prénom hébreu, pour honorer la mémoire d'un aïeul. » Ton fils aîné Olivier a reçu celui de Joseph, un oncle maternel disparu très jeune. Ton fils Pierre a reçu Mardochée, et ta fille Carole a reçu Fréha, le prénom de ta mère, qui signifie « la joie ». (Tu te souviens que dans ta jeunesse, lors d'un séjour à Grenade, l'hôtelier qui se targuait de parler français te gratifiait le matin au petit déjeuner d'un sonore « bonne joie ». Tu l'avais baptisé ainsi.)

« Aujourd'hui, poursuis-tu, je te prénommerais Yehoshua, ou Josué. C'est un personnage biblique important dont j'aime beaucoup la personnalité. Après la mort de Moïse, c'est lui qui conquit le pays de Canaan, et mena le peuple d'Israël vers la Terre promise. Avec ta maman, nous te surnommions "Toto" (Fotto !), persuadés que tu serais un garçon. »

Va donc pour Yehoshua, dit Toto.

J'ouvre le courrier dactylographié d'une femme au patronyme français, Marie Vidal. Je ne la connais pas mais j'ai vu ce nom dans votre arbre de famille. Et je me souviens d'une de tes remarques : « Mes cousins Serfati portaient souvent le prénom de Vidal pour rappeler leurs origines françaises. De même que Serfati signifie "le Français". » En réalité, Vidal serait plutôt espagnol. Le courrier de cette dame, qui vit à Béziers, m'offre un éclairage inattendu. « Beaucoup de Juifs de ma ville sont d'origine marocaine, écrit-elle. Je sais, comme vous, les deux noms donnés à des enfants, un français, un hébreu. J'ai aussi entendu que des noms bien français ont des phonétiques proches des noms hébreux qu'ils cachent. Par exemple, Maurice, par sa musique au-i-e, au-i-ce, Mau-i-ce, est souvent donné pour la même musique o-i-e, oï-e, Mo-ï-se. » Lisant ces lignes, je me souviens soudain que dans mon enfance, quand il fallait monter à la corde ou porter un objet lourd, j'entendais « Ho-hisse ! ». Est-ce la raison qui me fit trouver familier ton prénom, la première fois qu'on le prononça devant moi ? Sans te connaître, chaque fois qu'il fallait s'élever, je t'appelais à ma façon.

« Un nom important pour les Juifs d'Israël et les Juifs de la Diaspora, continue ma correspondante, est le mot *eretz* qui signifie “terre”. Les Juifs qui ont vécu en Babylonie – et il existe un Talmud de Babylone – peuvent expliquer que *Iraq* est de la même famille que *eretz*, par la lettre *Ts*, tsadé, dix-huitième lettre de l'alphabet hébreu. *Iraq* signifie aussi “terre”. Il joue la même musique que votre prénom, *Eriq*, Éric. Quant au nom de Maman, je le rapprocherais de Maimon comme Maimonide, et donc de Amen, force et solidité. »

Je suis bien sûr incapable de vérifier pareilles hypothèses, et je doute que vous ayez pensé à l'Iraq, en août 1960, pour inscrire ma naissance à l'état civil de Nice. La famille catholique de maman t'avait jugé indésirable, car juif et marocain. Il nous fallut dix-sept ans pour nous voir, et trente de plus pour nous écouter. Voilà qui embrouille les fils, et ton fils n'en parlons pas. Quand je pense à nous, je vois une sorte d'écorché, l'envers d'un tapis marocain, ce réseau compliqué de liens qui composent des figures déformées et indéchiffrables, dont la beauté, comme le sens, n'apparaît qu'une fois remises à l'endroit.

Tous ces mots, tous ces noms qui jouent dans ma tête sonnent l'heure de cette remise à l'endroit. J'ai l'impression d'être arrivé à Fès en tapis volant. Comme vous les Juifs croyez qu'un jour, vous gagnerez Jérusalem à dos d'oiseau. J'ai reçu ta réponse à temps : le frère de Degracia, la grand-mère fassia d'Anne Roumanoff (on dit un Fassi, une Fassia, comme ceci va avec cela), son frère donc a épousé en premières noces Mzaltov, la sœur aînée de ta mère Fréha. « Mzaltov, dis-tu, était un esprit rebelle. Elle eut le certificat d'études et connaissait de nombreuses fables de La Fontaine qu'elle récitait en les mimant. Elle a très vite souhaité divorcer, trouvant son mari bien gentil mais ennuyeux. » L'époux délaissé a alors épousé en secondes noces Aarboz, une cousine germaine de Fréha. Je comprends qu'Anne Roumanoff est une parente, sans réussir précisément à qualifier notre lien. Disons que son grand-oncle a « marié » ta tante puis ta cousine. Mais en dévorant le *Récit d'une enfance marocaine* écrit par Degracia (de son nom Gracia Cohen) et corrigé par Colette Roumanoff, sa fille, je réalise que vos familles ont vécu très proches au cœur du vieux mellah. Dans un monde disparu que j'essaie d'imaginer.

3

Le petit taxi fonce sur les avenues extérieures bordées de jardins, d'immeubles modernes en construction, de centres commerciaux, de cafés au design futuriste, mélange de métal et de verre rutilants. Le rabbin Albert Sebagh a pris place à l'avant. Je l'ai retrouvé au centre communautaire juif, après une séance d'abattage des volailles selon le rite casher. C'est un homme de taille moyenne, corpulent et disert, avec un sourire enfoui dans sa barbe qui rejaillit dans son œil plein de malice. Il porte une serviette de cuir qui a vécu et, à l'intérieur, plus épais qu'un portefeuille, un registre de cuir où semble accumulée toute sa richesse : quantité de photos et de cartes postales du mellah, chacune protégée par un film transparent. Sur sa tête une inamovible casquette de golfeur à large visière. Le taxi nous a déposés sur l'ancienne place du Commerce, à deux pas du cimetière. « Je suis

Albert mais tout le monde m'appelle Abraham. » À l'entrée, des mendiants et des vendeurs à la sauvette le saluent avec chaleur, « Abraham ! ». Il se retourne vers moi. « Vous voyez… », dit-il heureux, comme si Dieu l'avait reconnu.

La première fois que je suis entré dans ce cimetière, c'était avec ton ami Dédé Tobaly, à la Toussaint 2010. Nous avions trouvé la tombe de ta sœur, si blanche, dans une lumière éblouissante, au début de la première travée. J'avais lu l'inscription : « À Hannah, arrachée trop tôt à l'affection des siens. Tu resteras dans nos cœurs », et la date, 17 avril 1951. À mon retour en France, tu m'avais parlé de l'accident de voiture, un dimanche matin. Du malheur qui s'était abattu sur vous. Tu étais devenu l'aîné. Un oncle t'avait regardé de travers. Dans son regard, tu avais lu toute sa déception : le premier des enfants serait désormais ce cancre qui ne pensait qu'à jouer. Tu n'as jamais oublié ces yeux sur toi. Ce mépris fut ton moteur, année après année, pour rattraper les meilleurs de la classe, montrer ce que tu savais faire, jusqu'à devenir un médecin diplômé en France. Voilà où mènent les blessures de l'âge tendre.

Cette fois, j'ai beau parcourir l'allée, je ne trouve pas la tombe de Ninette. Elle joue à cache-cache.

On n'est pas sérieux quand on a dix-sept ans. Je reviendrai plus tard. Nous nous sommes assis sur un banc. Pour les Juifs, Fès commence par son cimetière. C'est là qu'ils sont les plus nombreux, les plus heureux qui sait ? Plus de douze mille âmes réparties en plusieurs carrés. Comme celui appelé Le Sahel, réservé aux prostituées et aux suicidés. Des tombes minuscules racontent le typhus des années quarante. Parmi ces cailloux blancs, je cherche ma route. Je sais que là, quelque part, dorment Yahia, ton grand-père le Berbère, et son épouse Zohra. Eux aussi je les chercherai. Pour l'instant Albert-Abraham tente de m'instruire sur votre communauté en voie de disparition. Moins de cinquante personnes à présent. Rien que des vieux. « Nous n'avons plus d'enfants », dit-il sans insister. Il sort des feuilles dactylographiées qui tremblent dans le vent. Devant nous l'horizon à perte de vue, les mamelons du Moyen Atlas. La nécropole est le seul lieu du mellah où le jour entre à pleine lumière, ou rien n'entrave la perspective. D'une voix un peu scolaire, le rabbin à barbe blanche laisse tomber des chiffres d'autrefois, quand les Juifs vivants se comptaient plus de vingt mille à Fès. C'était au début du protectorat. Depuis le XVe siècle, le sultan avait voulu un mellah collé à l'enceinte de son palais afin d'assurer la protection des Juifs. S'il tenait à leur proximité, c'était aussi pour solliciter à tout moment leurs médecins réputés infaillibles. Et pour s'assurer la fidélité des artisans de Sion, si habiles pour ciseler l'or, l'argent, le diamant. En transformant les métaux précieux en bijoux rares, ils accomplissaient des prodiges interdits aux Musulmans par le Coran.

En ce temps-là, les Juifs étaient des *dhimmi*, des protégés, libres de leur culte, placés sous le regard bienveillant du palais, à condition qu'ils acceptent de porter une calotte noire, d'être assujettis à l'Islam et à l'impôt. Ils devaient baisser la tête devant les Arabes et vivre au mellah dont on fermait les lourdes portes chaque soir. Ton ami Tobaly me dira que les *dhimmi* étaient seulement des tolérés. Les naissances restaient dans les limbes, notées sur le livre de prière du père, ou dans la mémoire collective, l'année où il neigea à Fès, l'année de la sécheresse, l'année de la naissance du prince, l'année du *Tritl* (prononcer Triteul), le pogrom qui marqua les débuts sanglants du protectorat... Les papiers d'identité portaient ces mentions : « né présumé le », puis : « Juif protégé français », ou « Juif protégé allemand ». Ton grand-père Yahia avait acheté une protection espagnole, la *Hmaia*.

Le cimetière où nous sommes fut créé en 1884, quand le sultan, désireux d'élargir l'enceinte de son palais, fit déplacer les sépultures vers le côté sud du mellah. « Au total la tombe du grand rabbin a été bougée trois fois », se désole Albert-Abraham. C'est ainsi. J'apprends que nous sommes sur l'emplacement d'un verger. Je me souviens que la tombe de Ninette n'est pas très loin d'un oranger majestueux. Lors de notre visite, André Tobaly, en bon ingénieur agro pétri de philosophie, s'était réjoui de ce cycle naturel. Les arbres, plongeant leurs racines dans les décombres humains, donnent leurs plus beaux fruits. Selon Dédé, nos corps doivent rendre à la terre toutes les substances dont ils sont constitués. « Il faudrait planter un arbre sur nos dépouilles. Ainsi nous serions immortels ! » m'avait-il lancé d'un air rigolard, ajoutant que chaque cellule de nos organismes se trouvait dans le sol. Il ne plaisantait pas. Il voyait de belles forêts pousser dans les cimetières. Après deux ou trois générations, nos aïeux seraient devenus des chênes, des orangers et des citronniers. « Tu toucherais le bois de ton grand-père. Tu te dirais qu'il est mort debout. » Ses paroles résonnent encore en moi. J'essaie d'imaginer Yahia le fermier couvert d'agrumes, et Ninette en fleur.

Soudain une voix s'élève de la médina, puis une autre, et encore une. De toutes les mosquées de la ville monte l'appel à la prière. Une rumeur sourde, presque rien d'abord, un léger grondement. Puis la voix gagne en puissance, soutenue par un concert de voix. C'est un chœur coupé de pépiements d'oiseaux. Ici pas de bandes enregistrées. Perchés sur les minarets, les muezzins de la ville psalmodient dans les haut-parleurs. Je suis saisi de me trouver parmi les âmes juives, à l'instant où retentit cet hymne à la gloire d'Allah le Miséricordieux. Le rabbin s'est tu. (« Je ne suis pas vraiment rabbin, m'a-t-il confié. Je suis l'ancien directeur de l'école. Il n'y avait plus de rabbin alors je fais office de. ») Je ne m'attendais pas à ces larmes qui embuent mes yeux. Elles sont là pourtant, je me retiens de les laisser couler. Je demande au vrai-faux rabbin ce qu'il ressent. Il a deviné mon trouble et me répond tranquillement. « Je me souviens d'un grand rab qui présidait le Talmud-Torah pour toute l'Afrique du Nord. Un jour dans la médina, il a entendu la voix d'un muezzin égyptien sur une cassette. Il a dit : "Comme c'est beau !" Il a acheté l'enregistrement. » Il existe un dieu pour chacun. Ici les dieux cohabitent, comme ont cohabité longtemps les Juifs et les Musulmans. Combien de bijoutiers et de tailleurs du mellah ont garni les échoppes des marchands de la médina qui revendaient leurs joyaux et leurs tissus ?

Les appels se poursuivent. Impassible, Albert-Abraham évoque ce lien plus que millénaire à Fès. Le sort de ses coreligionnaires fluctua avec les dynasties. Il y eut les cruels Almohades au XIIe siècle ; les bienveillants Mérinides au milieu du siècle suivant. Les premiers, dans leur prosélytisme insatiable, ne laissaient guère le choix aux Juifs : se convertir ou mourir. Ces ultras fondamentalistes mirent les Juifs en habits sombres et détruisirent leurs synagogues. Les seconds leur accordèrent soutien et considération. Je retiens de son monologue l'année 1438, quand les Juifs ont quitté la médina pour les hauts murs du mellah et ses ruelles confinées. Ils y avaient pourtant édifié de magnifiques maisons ceintes de remparts. « Pourquoi sont-ils partis ? » m'interroge mon guide, pour mieux poursuivre son récit (il sait que j'ignore la réponse) : « On a découvert la nécropole d'Idriss II, le fils du fondateur de Fès. La surface de la médina est devenue sainte pour les Musulmans. » Des Juifs se sont convertis tout en continuant de pratiquer leur culte en secret, dissimulant des *tefillin* dans les lucarnes. De nombreuses femmes juives épousèrent des Musulmans. C'est ainsi que bien des familles juives d'hier devinrent les familles musulmanes d'aujourd'hui. Les Kouhen, Benchekroun, Benjelloun, Kessous, Skali, et tant d'autres.

Abraham se retourne. D'une main lente il désigne un mausolée au centre du cimetière. Ici a été enterrée la jeune martyre juive Lala Soulika. Originaire de

Tanger, elle fut jugée à Fès où délibérait le tribunal islamique. Son crime ? Avoir refusé d'abjurer son judaïsme devant le pacha qui souhaitait l'épouser, subjugué par sa beauté. Sa famille en appela au sultan qui refusa de la gracier. La mémoire collective a gardé le souvenir de son courage. Elle fut décapitée en 1834, à dix-sept ans. Comme ta sœur quand elle partit « dans la fleur de l'âge », une expression que tu entendis pour la première fois dans la bouche de Saül, le père d'André Tobaly, au lendemain du drame.

La légende de Fès rappelle le fez, ou tarbouche, ce couvre-chef rigide en feutre, souvent de couleur rouge, orné d'un gland noir et venu de l'Empire ottoman. Mais c'est un faux ami. Ce cône tronqué, que les Turcs fabriquèrent autrefois à Fès, n'a pas donné son nom à la ville. Il faut chercher Fès dans *fass*, la « pioche ». Et entendre la fiction : on retrouva en creusant sous les fondations de la ville une pioche en or jadis lancée par Moulay Idriss. Là où tomberait l'outil, là il construirait la ville. *Fass*, la « pioche », donne *fassi*, et non *fessi*. La langue au service du merveilleux.

Je sais aussi que Fès, comme tant de villes du pays, possède un immense réservoir d'eau. Certains disent que le Très-Haut a donné le pétrole à l'Algérie, et au Maroc l'immensité de l'eau souterraine. Je me représente Fès flottant sur une mer dont on ne voit pas la fin. J'y pense car j'écris mes notes sur un carnet que j'ai pris au hasard dans un tiroir de mon bureau. Un petit carnet aux pages discrètement lignées, qui tient dans ma main ouverte. Les lignes du papier se confondent avec mes lignes de vie, sans que je sache vraiment lesquelles je dois suivre. La couverture de ce carnet représente le phare des Baleines, à l'île de Ré. Une photo ancienne rehaussée de couleurs acidulées. Vais-je voir une baleine dans la mer de Fès ?

Nourri de ces curieuses pensées j'ai suivi mon rabbin. Nous sommes sortis du cimetière. Les mendiants l'ont salué. Cette fois nous entrons au mellah. Nous entrons dans un nulle part qui fut jadis le premier quartier juif du Maroc. Si d'autres villes, plus tard, ont construit leur mellah, de Marrakech à Meknès, ce fut toujours en référence à celui de Fès. Pour me guider, Abraham a sorti son portefeuille d'images. « Heureusement qu'on a ça, dit-il, on peut se souvenir. » Il me montre l'ancienne place du Commerce où ton grand-père maternel Yehouda avait érigé le premier immeuble de quatre étages, en 1905. Au deuxième s'installa l'école de l'Alliance israélite du mellah. Tailleur d'origine, il avait d'abord prospéré dans la confection d'habits marocains, djellabas et caftans. Le tailleur du roi, Haïm Botbol, s'enorgueillissait même d'avoir appris son métier chez Yehouda. Puis ce dernier s'était vu en bâtisseur. Il avait débuté avec l'immeuble de la place du Commerce avant de migrer vers la ville nouvelle en 1927, dans la rue Bourdonneau. Là il avait réalisé un autre ensemble de plusieurs étages avec des appartements, un garage, son propre logement dont une petite ouverture donnait directement sur la synagogue qu'il avait aussi fait construire. C'est dans cette synagogue Elalouf, à présent disparue, que tu as lu tes premiers textes en hébreu.

Devant nous se dresse le fantôme du cinéma Apollo, connu jadis pour son animation bon enfant et ses séances bon marché. Le spectacle de la salle était toujours meilleur que le film. Une scène un peu osée suscitait d'interminables et délicieux commentaires. Aujourd'hui encore, c'est tout juste si on n'entend pas le rugissement du lion de la Metro-Goldwyn-Mayer. Un jour, un de tes amis avait été impressionné par le cri du félin au début d'un western. Revenant une semaine plus tard pour le nouveau film à l'affiche, il était ressorti aussitôt.

« Je l'ai déjà vu », avait-il lancé déçu, pendant que le lion lançait son *roahhh*.

D'un geste vague, Abraham fait revivre les jardins d'autrefois, la gare routière, les cafés, les calèches. Puis il glisse sous mon nez ses cartes postales hors d'âge comme autant de preuves qu'ici, avant, ont vécu des Juifs. Une vieille image montre la façade d'un hôtel de la belle époque. Son doigt s'arrête sur l'étoile de David peinte au-dessus de l'entrée. Je lève les yeux devant un mur lépreux. Plus d'étoile, plus d'hôtel. Seulement de la poussière et des ombres.

4

Nous marchons à pas lents dans la grande rue du mellah qu'Abraham appelle « le couloir ». Autrefois, à la nuit tombée, le quartier était bouclé de part et d'autre par de grosses portes en bois. Le petit peuple juif rentrait comme sous terre, protégé car invisible. Toléré mais caserné. Depuis les années cinquante, plus aucune porte ne se ferme aux entrées du quartier. Une sensation d'enfermement me gagne pourtant comme nous nous enfonçons dans le mellah, « ton vieux mellah », comme tu dis parfois. Tu n'y as pas vécu. À ta naissance, tes parents s'étaient déjà installés au cœur de la ville européenne, dans l'immeuble du Pacha. Un autre monde qui sentait la France. Ton père Mardochée a habité ici avec sa mère Zohra. Ses nombreux frères et sœurs avaient déjà quitté la maison. Ton grand-père Yahia avait passé ses habits de *gentleman farmer*. Encore faut-il préciser : le mellah avait ses baraquements, le Nouaouel. Et c'est au Nouaouel que Mardochée a grandi, dans une maison qui détonnait au cœur de ce quartier modeste, avec sa grande terrasse, et son puits situé dans la cuisine, un véritable luxe. Ton père ne supportait pas le lait de vache. C'est une chèvre attachée près du puits qui lui donnait sa ration quotidienne de calcium.

L'anecdote tire un sourire à Abraham. J'éprouve le besoin d'évoquer des souvenirs d'emprunt à mesure que la grande rue du mellah semble nous avaler. Abraham désigne des façades, des échoppes, « ici c'était une synagogue, ici la rue des Azoulai, ici travaillait un coiffeur ». Je ne vois rien que des magasins de fripes, de chaussures en plastique, de cassettes et de vidéos. Plusieurs maisons menacent de s'effondrer. Des grosses poutres les renforcent d'un côté à l'autre de la rue. Certaines bâtisses, plus solides et flanquées de tours carrées, arborent même des créneaux, signes que le mellah fut jadis une place fortifiée. Des vieillards quémandent, des enfants marchent pieds nus, jouent avec des plaques d'égout qu'ils balancent dangereusement devant eux au risque de blesser les passants. Une vieille mendiante dispute son coin de trottoir à des gamins pillards. Le sol est jonché de papiers, de canettes vides. Des filets d'eau nauséabonde se faufilent entre les pieds. Chaque amas de détritus attire des chats galeux et maigres.

Il n'existe plus un Juif au mellah. Les derniers sont partis au milieu des années soixante-dix, après les soubresauts de la guerre du Kippour. Une poignée s'est fondue dans la ville moderne. Les plus aisés se sont installés en France, en Suisse, au Canada. Les plus modestes ont rejoint Israël.

Tu m'as souvent parlé de ta « petite tante », une demi-sœur de Mardochée, qui fit son alya – la montée vers Jérusalem –, il y a longtemps. Et j'ai encore à l'oreille l'expression « maroco-sakine », le « Marocain au couteau », comme disait Golda Meir, l'ancienne Premier ministre d'Israël, à propos des Juifs marocains tenus pour des tueurs. Elle prétendait qu'on ne pouvait pas se fier à eux, que c'était des Arabes. Tu m'as parlé d'officiers marocains de l'armée israélienne qui, après un discours vexatoire de cette maîtresse femme, renvoyèrent leurs médailles en signe de protestation. C'est que les choses avaient mal commencé au Maroc. Les Juifs des mellahs ne s'étaient pas précipités pour l'alya. Les recruteurs venus d'Israël avaient surtout attiré des délinquants et autres petits voyous. « Voilà comment nous avons été catalogués en Israël, m'as-tu écrit. Ensuite on a essayé de rectifier le tir en encourageant des cadres à s'y installer. Des bourses pour étudiants ont aussi été créées. Mais le mal était fait. » Beaucoup de Juifs marocains ont servi de chair à canon, et d'ouvriers pour la construction des routes. Pour eux en Israël, les portes des universités se sont à peine entrouvertes.

Au mellah, les Juifs ont été remplacés par des Musulmans pauvres, misérables parfois. La plupart des dix-sept synagogues ont disparu. Des mosquées ont éclos. Elles ne sautent pas aux yeux. À la mélopée des muezzins, on ne peut guère s'y tromper.

Nous poursuivons notre marche. Je pense à ton oncle Jacob Cherbit qui vendait du petit-lait au verre non loin d'ici. Peut-être ai-je dépassé l'endroit. Impossible de le savoir. Cet oncle avait épousé une sœur de Mardochée prénommée Thamou. En découvrant son visage sur une photo d'autrefois, j'avais cru reconnaître Zoé, la plus jeune de mes filles. Vertige des ressemblances avec des inconnus. Le rabbin propose qu'on s'assoie un moment au café Tout va bien où jadis les habitants du quartier venaient « taper la carte ». Il est en veine de confidences. Dans sa jeunesse, me dit-il, il a tourné ici dans un film italien, *Jésus au désert*. Il a oublié le nom du réalisateur. « Un grand », soutient-il. Pasolini peut-être. Il incarnait le petit-fils du grand rabbin de Rome. Il avait refusé de se maquiller, sauf les yeux, au crayon. Alors la maquilleuse avait ôté le miroir devant lui pour poursuivre sa tâche. Il avait feint de ne pas voir son visage fardé. « Si vous retrouvez ce film, vous me reconnaîtrez : je portais un manteau de cent kilos ! »

Il boit son thé brûlant par brèves aspirations, sa serviette de cuir posée à ses pieds. En levant le nez, on aperçoit les balcons en bois de vieilles habitations. Des balcons à colonnades, préservés tant bien que mal dans leur style baroque. Je comprends mieux ton goût pour le quartier Santa Cruz de Séville. Il est la réplique du mellah en bien plus somptueux, avec ses bâtisses aux avancées de bois et aux fenêtres sur la rue. À l'inverse des habitations musulmanes tournées vers leur intérieur. C'est le balcon qui signale le Juif. L'ouverture au dehors.

Nous sommes assis contre un grand panneau Pepsi en métal à une table en plastique au bleu criard. Au-dessus de nos têtes pendent des djellabas et des sarouals de toutes les couleurs. Mon œil essaie de reconnaître des signes familiers. Je cherche en vain les silhouettes d'antan dont parle Degracia dans son témoignage : le marchand d'eau métis, avec ses timbales de cuivre qui brillent et ses muscles d'hercule, son outre gonflée de l'eau recueillie à la source voisine ; les *habrés* qui lavaient les morts et enterraient les pauvres comme s'ils étaient riches, prestigieuse confrérie dont les membres participaient toujours aux cérémonies du mellah : au milieu de la joie, il ne fallait jamais oublier la fragilité des bonheurs terrestres. Où est le guérisseur Asser qui cherchait le secret des corps souffrants en chantonnant « Abraham, Isaac, Jacob », une ceinture en tissu lui servant d'étrange instrument de mesure ? Et le jeune Arabe Mimmé qui passait dans les maisons le vendredi soir pour éteindre les lumières électriques avant Shabbat ? Et encore Miss Ferraille, figure du mellah jusqu'au début des années 2000, entourée de ses objets de récupération ?

Nulle trace évidemment du fondouk de ton père qui vendait du bois et du charbon à l'entrée du mellah, associé à ses deux amis, Rahamim Elalouf, lointain cousin de ta mère, et Yedidia Assaraf. Je note ces noms sans raison. Je me sens comme devant une carte remplie de blancs, et j'y porte ces indications en guise de points de repère, avec le vague espoir qu'ils m'amèneront vers une meilleure connaissance des tiens qui furent si peu les miens. Écrire un nom, le prononcer entre ses lèvres, c'est le laisser entrer en soi, libre à lui d'y faire pousser ses branches. Quant au fondouk, il brûla en 1943. Mardochée dut attendre trois ans pour le rouvrir en ville nouvelle, 50, rue Cuny. Longtemps tu entras gratis aux matches de foot du dimanche. Ton père arrachait un morceau de papier bleu étiqueté sur les sacs, avec inscrite cette formule : *Ici on vend du bon charbon*. Pendant des mois ce sauf-conduit t'a ouvert l'accès aux tribunes car le préposé au contrôle était illettré. Jusqu'au jour où tu fus refoulé par un nouveau préposé qui savait lire.

Sur un site marocain, avant de partir, j'ai entendu parler d'un coiffeur de la grande rue du mellah qui s'appelait Eliahou (ou Maklouf) Maman, à ne pas confondre avec le chemisier de Derb el Kouass, un Maman lui aussi, prénom Yossef. Tout a disparu comme si des soldes massifs avaient été organisés jusqu'à épuisement de l'inventaire. Fini la bonneterie et les Dahan qui vivaient au-dessus, et les Benzimra un étage plus haut. Fini le magasin d'électricité Kessous, et la librairie tenue par les Ouahnoun, avec juste au-dessus l'appartement des Serero, sans doute de la famille du grand rabbin dont descend ton ami Tobaly. Fini la belle pharmacie principale avec sa clientèle d'habitués, tous logés dans la grande rue du mellah, les Tordjman, les Monsonego, les Abbou, les Marciano, les Assouline, les Lévy, les Moyal.

En sortant du Tout va bien, la sensation de confinement me gagne à nouveau. Le climat est pesant. Les regards dérobés. Comme un danger qui affleure, une hostilité qui ne dit pas son nom. On m'a parlé de ce jeune rabbin assassiné ici à coups de marteau par un Arabe à qui il réclamait un loyer impayé. Descendant du grand rabbin Serero qui fut une figure de la communauté fassie, la victime agissait pour le compte d'un Juif possédant encore une maison dans le mellah. Les témoins ont estimé qu'il s'était montré trop insistant. De là à lui fracasser le crâne…

Nous dévalons des ruelles étroites au sol glissant. Comparé à la médina, tout est encore plus étroit, plus petit, replié sur soi. Une jeune femme noyée sous plusieurs épaisseurs d'étoffes chatoyantes nous a rejoints, précédée par le claquement de ses talons sur le ciment humide. À notre hauteur elle a perdu l'équilibre. La voilà les quatre fers en l'air, aussitôt secourue par les femmes qui l'accompagnent. Se rend-elle à une fête ? La couleur vive de sa tenue tranche avec la grisaille. Une petite pluie s'est mise à tomber. En se relevant, la jeune femme a montré l'espace d'un instant la blancheur de ses jambes. Pans de nudité incongrue et soudaine. Échange de sourires. Elle est repartie de son pas mécanique et pressé.

De nouveau la semi-obscurité. Abraham s'immobilise en silence. Il observe une grande porte close, des fenêtres obturées. Il reconnaît que c'est difficile à croire, mais il le jure. Il a vu ici des centaines de femmes attendre leur ration de viande. C'est l'ancien quartier des abattoirs. L'odeur était rebutante. Les meilleures parties des bêtes partaient vers les boucheries. Dans cet endroit malcommode aux allures d'impasse, les plus pauvres se battaient pour les bas morceaux de mouton et d'agneau. Le rabbin lance des noms en l'air, des gens qu'il a connus. On dirait qu'il fait l'appel, sans illusion. Il sait bien qu'aucun ne va répondre. Pourtant c'était bien là, cette effervescence.

Nous entrons dans une autre partie du mellah. La voie s'élargit. J'aperçois une porte rouillée frappée de l'étoile de David. « La deuxième entrée du cimetière », précise Abraham.

Après une enfilade de rues mieux éclairées par la lumière naturelle, nos pas nous mènent sur une place hérissée de hauts palmiers. Tout autour, le sol est un pavement de dalles ocre. Nous sommes dans le cœur historique du vieux mellah, celui qui continue de battre dans la mémoire de tant de Juifs fassis. Il a pour nom El-Aarsha d'zerb. À main gauche, une maison imposante qui a dû être belle. « Elle appartenait à Meyer Israël, un des plus grands rabbins de Fès. » Les balcons vermoulus supportent d'étranges linges sombres. On croirait des serpillières. Ce sont des poumons de l'agneau pascal. On les mange séchés dans le plat de la loubia, à base d'excellents haricots blancs en sauce. Tout autour, des maisons écroulées, d'autres inhabitées car elles menacent de s'effondrer d'un moment à l'autre. Vestiges de colonnes et de zelliges sur les façades lépreuses. « On y faisait de belles fêtes de Soukkot, la fête des cabanes », ajoute Abraham.

Il se rappelle qu'il louait 5 centimes le vélo d'un copain pour faire le tour de cette place.

Tu m'as raconté des histoires de ce genre. Avec Dédé Tobaly, vous aviez aidé un « grand » à pédaler sur sa bicyclette toute neuve dont il ne savait pas se servir. Chacun d'un côté, vous teniez son guidon en courant près de lui. Était-ce autour d'El-Aarsha d'zerb que vous perdiez votre souffle pour qu'il tienne enfin sur sa selle sans tomber ? Dédé se souvient qu'il vous avait promis de vous prêter son vélo pour un tour, en récompense de vos efforts. Vous attendez toujours…

Nous restons sur la place d'apparence insignifiante, hormis le carré de ciel qui apporte le grand air, une possibilité d'évasion. Mon guide a ressorti son livre d'images. À la grande époque du mellah, dans les années cinquante, c'était une véritable ruche, une pépinière. Se côtoyaient l'école rabbinique Em Habanim, littéralement « la Mère des enfants », et le dispensaire (connu sous le nom de l'OSE, l'Œuvre de secours aux enfants, une organisation née en Russie en 1912 pour les Juifs défavorisés).

J'essaie d'imaginer à quoi ressemblaient ces lieux de vie et d'espérance. Comme me le racontera plus tard ton cousin Edmond Elalouf – le fils de Joseph, frère aîné de ta mère Fréha, et président du Centre communautaire de Paris –, Em Habanim fut créée en 1928 par un comité de femmes. Cette structure d'origine religieuse était une école pour tous. Une cantine servait chaque jour un repas chaud gratuit aux gamins pauvres, le crâne souvent coiffé d'un béret pour cacher leur teigne. C'est d'ailleurs contre les trois T, teigne, trachome et tuberculose, que le dispensaire de l'OSE accomplit des prodiges. À Em Habanim, on ne soignait pas, on remplissait les ventres et aussi les têtes, avec les cours d'hébreu et de français dispensés aux jeunes de quatre à quinze ans. Toi, Maurice, tu t'y rendais seulement un mois par an, en été. Tu as dû lire cette inscription empreinte de fierté au-dessus de la porte d'entrée : « Em Habanim, fondée en 1928 par une association privée de femmes de la communauté de Fès ensemble, qui a donné naissance à une multitude d'intellectuels de par le riche enseignement qu'on y dispensait. »

À proximité, les petits recevaient aussi « la goutte de lait » fournie par la gent américaine. Abraham revoit les mères alignées, leurs bébés dans les bras, attendant leur ration lactée, un soin, un conseil. Il garde encore le goût de ce lait en boîte un rien caramélisé. Je me souviens avoir aperçu des photos de Mme Roosevelt à cet endroit, en 1948, assise aux côtés du grand rabbin Monsonego reconnaissable à ses grosses lunettes d'écaille et à ses verres fumés qui le font ressembler aux frères Rapetout des albums de Disney. Abraham me parle du « bon docteur Hassoun », du professeur Vanish, d'autres figures encore.

Lorsque tu fréquentais Em Habanim, tu te montrais d'autant plus assidu à l'étude de l'hébreu que la récompense venait l'après-midi avec les cours de natation.

C'est en sortant de l'école rabbinique que tu as appris à courir vite. Tu n'étais chez toi nulle part. Les gamins du quartier te cherchaient des noises car tu n'étais pas vraiment un Juif comme eux, vivant dans la ville européenne. Et les petits Français des quartiers modernes te coursaient car tu étais juif. En 1944, la propagande de Vichy produisait son effet dans les esprits de ces excités que tu appelais « les fous furieux ». Tu essayais de t'esquiver en traversant le jardin des Oliviers, mais le danger était partout dans ce no man's land, entre le mellah et les premières habitations de la cité moderne.

Abraham s'engage dans un labyrinthe que l'avancée des maisons rend plus imprévisible encore. On tourne et vire. Tout à coup, le long d'un mur aux ouvertures bouchées, de minuscules fenêtres où le jour ne devait pénétrer qu'à peine, il s'arrête comme saisi. « Ici il y avait ma grand-mère. Elle ne voyait plus très bien. Chaque fois que quelqu'un passait, elle demandait : "C'est toi, Abraham ?" » Dans ce dédale, il reconnaît ses souvenirs, des visages évanouis, des noms qu'on a cessé de prononcer ici depuis si longtemps. Je me demande à qui tu penserais, si tu marchais avec nous, quels spectres te tiendraient compagnie.

Insensiblement, nous sommes passés du mellah au Nouaouel. Certains l'écrivent Nouawel, ou encore Nwawl, distinguent le grand Nwawel du Nwawel Sghar… Bien avant le protectorat, des pillages au mellah mirent de nombreuses familles en fuite. Elles s'établirent en contrebas et construisirent des cabanes de roseau. Ces installations auraient duré si un incendie ne les avait pas détruites. De nouveaux logements ont alors surgi en dur, dans une disposition anarchique. La première maison du Nouaouel en béton armé fut celle de Rafi Serfati, l'ami de ton frère rabbin Claude, devenu professeur de médecine et chirurgien de la bouche. Sa demeure était une des plus hautes du quartier : pour pouvoir marier sa fille chez lui, son père avait ajouté un étage en transformant sa terrasse en salon.

Abraham désigne une épicerie, autrefois l'échoppe d'un tailleur. « Là il y avait Prosper Maman. On entrait, c'était plein de couturières. Les tissus étaient vendus aux commerçants du mellah. » À côté, on entendait le kiddoush, la bénédiction du vin. « C'était mes amis, ici. Mes amis. » Dans mon souvenir, Prosper Maman était un de tes cousins. Son père, Maklouf, frère de Mardochée, tu l'appelais oncle Picsou. Il avait donné à ses fils des noms prédestinés pour la réussite : Prosper, Richard et Fortuné. Tu m'as déjà parlé d'eux en les comparant aux oncles d'Albert Cohen, Mangeclous et compagnie.

Mon guide s'est avancé de quelques pas. Je l'entends qui se lamente : « Aïe aïe aïe, la maison des grands bijoutiers Serfati… Heureusement que j'ai les photos de tout ça. » Je pense que moi, je n'ai pas de photos, pas d'images de ces autres Maman. J'ai déjà Mardochée et Fréha, un petit cliché de Yahia et de Zohra, ce n'est pas si mal.

Le rabbin me montre le logement du docteur Guigui à qui tu m'as recommandé. Je vois le lieu confiné où ce praticien au diagnostic réputé à Fès comme en Israël a passé son enfance. Je regarde ma montre : justement, c'est avec lui que j'ai rendez-vous dans une heure, à son cabinet de la ville moderne. Nous pressons un peu le pas. Abraham indique la maison des Abitbol, de célèbres musiciens fassis. « Je priais parfois ici », dit-il devant une porte rouillée gardée par un chat étique. Il reconnaît une fontaine où on baignait les enfants. « Le bruit de l'eau tantôt nous réveillait, tantôt nous endormait. »

Pour remonter vers la rue principale, nous passons près d'un ancien four où les familles venaient faire cuire leur pain, leurs gâteaux et leurs biscuits, et aussi la dafina, le plat du shabbat. Il me semble t'entendre me raconter la frénésie qui te prenait pour la mimouna, ce jour de rupture et de fête à la fin de Pessah, la Pâque juive. Tu te rendais au mellah, sautillant d'une maison à l'autre, et tu te jetais sur les gâteaux et les confitures offerts en signe de fête, avant de rejoindre une des innombrables surprises-parties. Le mellah grouillait de monde, c'est à peine si on pouvait se croiser dans les ruelles. Une sensation que tu as recherchée toute ta vie d'exilé, à Grenade, à Cordoue, et surtout à Séville. Dommage que nous n'ayons pas traversé cette Espagne qui était devenue ton Maroc.

Rafi Serfati – à la réflexion, je suppose que vous êtes cousins par ta grand-mère Zohra, tu me diras si je me trompe –, Rafi donc m'a parlé un jour de ses souvenirs intenses de la mimouna, après la guerre. Les grands bourgeois arabes entraient au mellah, chacun juché sur son cheval blanc, et suivi d'un cortège de serviteurs, pour offrir des présents à leurs amis et fournisseurs juifs. Son père, un joaillier réputé au palais et dans la médina, recevait quantité de pain, de farine et de boules de beurre, et aussi des aloses, ces poissons rutilants qui frayaient dans l'oued Sebou.

Son récit illustre sans doute la véritable relation qu'ont entretenue les différentes communautés du Maroc. Si la vie les a éloignées, ce fut chaque fois lors des tensions au Moyen-Orient, avec les trois vagues de départs, 1956 et la crise de Suez, 1967 et la guerre des Six-Jours, 1973 et la guerre du Kippour. L'offrande des aloses illustre cette culture commune qui vous a imprégnés depuis l'enfance. Ce n'est pas la religion, c'est la coutume qui parle. L'alose a la couleur de l'argent, métal bénéfique censé écarter les mauvais esprits. Elle vit dans l'eau, symbole de propreté et de liberté, et pond abondamment, signe de fertilité. Juifs et Musulmans se retrouvaient autour de ces poissons prodiges que les seconds portaient aux premiers, accrochés par la gueule au bout d'une fibre de palmier doum.

Je sais que dans les années soixante, il existait au Nouaouel une porte qu'utilisaient les Juifs pour partir nuitamment en avion vers Israël, sans passer par le mellah. Mais je préfère retenir ce qui a si longtemps uni les Juifs et les Arabes de Fès, médisant les uns des autres et faisant toujours affaire ensemble. Je n'oublie pas pour autant les récits de ton cousin Edmond Elalouf : les soirs de mimouna, on contrôlait les allées et venues au mellah. Dans ces moments de fête où chacun ouvrait sa maison à tous, où les pauvres étaient invités à banqueter puis à bénir les familles, les habitants du quartier craignaient que des Arabes se mêlent à la foule pour venir voler leurs enfants. Il se dit qu'un petit-cousin, Edmond Maman, disparut un soir sous l'ample djellaba d'un Musulman et fut à deux doigts d'être enlevé. Prendre un petit Juif et le convertir à l'islam, c'était croyait-on le fantasme des Musulmans.

Avant de partir vers la ville moderne où m'attend le docteur Guigui, Abraham me conduit au bout d'une ruelle où se tient la synagogue Aben Danan, une splendeur du XVIIe siècle. Nous sommes sur *Derb*

El Ferrane Ta'hti, littéralement la rue « du four d'en bas ». Si la médina de Fès est classée au patrimoine mondial de l'Unesco, ce n'est pas le cas du quartier juif, à l'exception de ce lieu de culte devenu musée après sa restauration en 1999. Nous prenons place sur les bancs. Je ne sais rien nommer. Je suis pris par la beauté du lieu, son silence, l'éclat sombre des boiseries, la tenture bordeaux, les photos noir et blanc de rabbins, parmi lesquels je suppose Shlomo Aben Danan qui marqua cette synagogue comme tous ceux de sa lignée à travers les siècles. Depuis 1975, on ne pratique aucune cérémonie religieuse ici. « C'est pour les touristes, reconnaît Abraham. Il n'y a plus de rouleaux de la Torah. Chacun a repris son *séfer*. J'en ai rapporté un d'Oujda. » Il désigne la *téva*, ce petit promontoire qu'on atteint en montant trois marches, en surplomb de la première rangée de bancs. Superbe perchoir avec son pupitre et sa balustrade en fer forgé.

Il me revient que tu étais doué pour l'hébreu qu'un rabbin t'enseigna dès tes quatre ans. Tu savais aussi le traduire en arabe, c'était pour toi un jeu d'enfant. Un de tes plus vieux souvenirs, c'est la naissance de ton frère Claude, le futur grand rabbin de Bordeaux, en juillet 1941. Des heures durant, ton père t'avait fait lire des prières pour la délivrance de ta mère.

Claude était un bébé costaud et l'accouchement se déroula très lentement. Tu étais si préparé qu'à dix ans, priant dès l'aube à la synagogue puis après chaque repas, tu avais déjà fait ta bar-mitsva. Une cérémonie célébrée d'ordinaire à l'âge de treize ans. Plus d'une fois, tu t'es retrouvé sur la *téva*, le *séfer* déroulé devant tes yeux, lisant et commentant un morceau de la *parachah*. Tu avais le goût de la compétition. Il fallait donner la bonne intonation à un texte dépourvu de la moindre voyelle et du plus petit accent. Un samedi sur deux, tu étais choisi. L'autre samedi, c'était au tour de ton voisin Henri Cherbit, qui créa plus tard la librairie-imprimerie juive Colbo, rue des Rosiers, à Paris. Ces faits d'armes avaient lieu à la synagogue de ta famille Elalouf, mais la vision d'Aben Danan me fait t'imaginer lisant devant l'assistance. Tu attendais avec bonheur la célébration de Pourim, Soukkot, Kippour, Hanoukka… autant d'épisodes racontés dans l'Ancien Testament. Les prières de ces fêtes se terminaient invariablement pas ces mots : « l'année prochaine à Jérusalem ». Vers quinze ans tu as renoncé à la synagogue. Tu lui as préféré le basket, galvanisé par le grand entraîneur venu de France Émile Frézot. Désorienté aussi par l'impuissance de la religion devant la mort tragique de ta sœur. Mais c'est une autre histoire.

Je m'imprègne de l'ambiance d'Aben Danan. Les boiseries vernies, l'étage des femmes, le vert pâle des colonnes, le plâtre sculpté, les solives du couloir, les carrelages vert et blanc de la salle de prières, le rideau de velours bordeaux. Les murs de la synagogue, en briques pleines et mortier à base de chaux, sont enchâssés dans un réseau d'habitations. Un des murs, jadis en pisé, constitue même l'ancienne muraille du quartier. Abraham parle du *miqveh*, le petit bassin des purifications où plongent les femmes avant le mariage. L'accès est condamné. La restauration de la synagogue a mis à jour ce lieu rituel rempli pour une part d'eau de pluie, le reste provenant d'un véritable ruisseau souterrain gonflé par la nappe phréatique. Je n'ai pas oublié la mer endormie sous les fondations de Fès. Les anciens disent qu'au-dessus du *miqveh*, on secouait les péchés pour Roch Hachana, la fête juive célébrant la nouvelle année dans le calendrier hébreu. Il fallait soulever une trappe et laisser tomber ses fautes dans cette eau salvatrice. Le *miqveh*, s'amusent certains, c'est là que la belle-mère voyait sa belle-fille nue, vérifiant qu'elle était bien faite. Ton épouse Paulette, devenue juive pour la bonne cause de votre mariage, n'a pas oublié cette eau froide. Elle en est restée à jamais fraîchement convertie, avec le prénom d'Ester, choisi en écho à la tragédie de Racine.

En sortant, près d'un four qui ne cuit plus rien, et d'une fontaine qui ne désaltère plus personne, le rabbin me signale que cette synagogue est celle des Megorashim, venus d'Espagne avec leurs propres pratiques. Dans le mellah sera bientôt inaugurée *Slat El Fassiin*, littéralement « la synagogue des Fassis », centre traditionnel des Tovashim, ces Juifs autochtones qui n'ont jamais quitté Fès et se querellent avec les Megorashim, en particulier à propos des modalités d'abattage des animaux. C'est le gouvernement allemand qui a financé la restauration de cette synagogue, sous l'impulsion de Simon Lévy, grande figure de la lutte pour l'indépendance du Maroc et un des symboles de son identité juive. Disparu en 2012, il était le cousin de ton ami Gaby Melka. S'il ne s'était pas démené pour sauver ce patrimoine, la « syna des Fassis » serait restée ce qu'elle était devenue depuis vingt ans : une salle de boxe, avec un ring planté au milieu, et les coups sourds des gants de cuir en guise de prières. Le mellah a assisté en 2013 à un événement unique : la réouverture d'une synagogue en présence du président du Bundestag.

Nous débouchons sur la rue des Bijoutiers, à l'exact opposé de la place du Commerce. Le grand-père de ton cousin Edmond Elalouf fut jadis l'Amin de la corporation, un homme de confiance désigné par le sultan lui-même.

Tu m'adresses à l'instant un courriel détaillé puisé dans tes souvenirs lointains.

> *Le mellah pour moi ? La grande rue. Les maisons avec leur petite avancée, une sorte de balcon fermé, avec tout le long une fenêtre qui permettait aux femmes de suivre le spectacle du dehors. Aussitôt les portes franchies, à droite un marchand de glaces, le fondouk de mon père [je le situe enfin], la fontaine, et cette rue qui descend, Derb el Guerna, et conduit chez mon oncle Joseph Elalouf. Je déjeunais chez lui lorsque je me rendais à Em Habanim. J'adorais son appartement avec son pigeonnier. Juste en face, la fontaine, la chemiserie de l'oncle Joseph. Plus bas à gauche, la pharmacie Cohen, cousin côté Maman. Il n'était que le préparateur. Le pharmacien Aurégan venait seulement pour ramasser la caisse. On désignait l'endroit comme la pharmacie Cohen. En face une ruelle qui conduisait au Nouaelle [tu l'écris ainsi, je respecte ton orthographe...]. Un peu plus bas à droite, le petit réduit – un mètre sur un mètre cinquante – de l'oncle Jacob Cherbit, avec son débit de lait et son humour aux lèvres et son habitude de chanter sans cesse. On arrive au bout de la grande rue. On appelait ça le* bordj, *surmonté d'une grande horloge, et puis une rue un peu plus étroite, la rue des Bijoutiers.*

C'est étrange : je me trouve précisément à cet endroit. Tu poursuis avec ton cousin orfèvre Joseph Harroch, un parent de ta mère. C'est lui qui vous offrira vos alliances lorsque tu épouseras Paulette.

> *On disait qu'il avait fait fortune dans un commerce un peu dangereux. C'était un homme d'une telle probité qu'un ministre important l'avait chargé d'organiser un change informel entre franc français et dirham. En prenant une rue étroite, on arrivait à la place du Nouael [à qui tu viens de couper deux lettres]. Je revois au fond à droite l'école rabbinique, et plus à droite encore l'entrée du cimetière et ses indigents à qui les visiteurs laissaient quelques pièces. Cette place était en terre battue, limitée par des maisons laides qui déjà semblaient tomber en ruine...*

On s'y croirait. J'ai envie de faire demi-tour en découvrant cette dernière phrase : *Au fond à gauche, une ruelle qui aboutissait chez mon grand-père Yahia.* J'imagine une maison avec une fontaine. Mais il se fait tard. Je m'éloigne à regret. Je n'ai pas vu la maison où se réfugia Charles de Foucauld. Le rabbin Mardochée l'aurait fait jadis passer pour un autre rabbin, sous le nom de Joseph Alaman. Ce sont les arrière-grands-parents de ton ami conteur et hypnotiseur Judah Bensimon qui l'auraient abrité au mellah, déguisé en rab, en juillet et août 1883. Le docteur Guigui pourrait s'impatienter. Je reviendrai.

5

André Tobaly m'avait prévenu. Demander la direction du centre communautaire juif à un Arabe, c'est risquer de tourner longtemps en rond. « Les Marocains sont si gentils qu'ils préféreront te donner une mauvaise direction plutôt que rien. » Quant aux chauffeurs des petits taxis rouges qui passent aux abords de la rue des Bijoutiers, ils ne savent guère où se trouve la « maison des Juifs ». Sur les conseils de Dédé, j'ai indiqué au chauffeur le Croissant vert, « l'endroit où on fait les piqûres ! ». Le gars a compris. Il a filé sans hésitation. Une fois arrivé, j'ai marché quelques centaines de mètres au milieu des rues populeuses et faiblement éclairées de la ville moderne pour trouver enfin le cabinet du docteur Armand Guigui. Il ne désemplit pas de jeunes femmes et de pauvres hères qui trouvent sa porte toujours ouverte. Le président de la communauté juive de Fès accueille toutes les souffrances avec une chaleur bonhomme. Il a dépassé l'âge de la retraite depuis pas mal d'années, même si ses traits portent la trace d'une jeunesse tenace. Son grand sourire efface sa petite taille, sa blouse blanche allonge sa silhouette, et sa main tendue est une manière d'hameçon qui vous accroche en moins de deux. C'est qu'il ne lésine pas sur le *« me wall »*, le docteur Guigui, à la manière des Américains contents d'eux. Le mur derrière son bureau est recouvert de photos où il figure avec le roi Hassan II, avec son fils et successeur Mohammed VI, ou avec l'ancien président français Nicolas Sarkozy. Cette mise en scène aurait quelque chose de pompeux si l'homme n'était avant tout un passionné des autres. Il pourrait depuis longtemps goûter la tranquillité de son appartement parisien. Mais sa vie est à Fès, entre ses consultations et sa communauté. Il ne dédaigne pas montrer le timbre à son effigie tiré en Israël, ni rappeler qu'on l'a parfois reconnu dans la rue à l'étranger avec cette exclamation : « Vous êtes le docteur Guigui-de-Fès ? » Il le dit en attaché, ravi et jovial, comme si « de Fès » était son titre nobiliaire. Et quand il m'entraîne dans sa salle d'attente, c'est pour me montrer une grande photo en noir et blanc qui le représente en plein travail, une lampe puissante au front, explorant la gorge d'un vieil Arabe enturbanné. Il me glisse au passage que ce cliché est exposé dans un grand musée de Jérusalem.

Quelques jours plus tôt, tu as souhaité qu'il me reçoive. Vous n'étiez pas amis pendant vos études – il est ton aîné –, mais vous avez sympathisé plus tard. Vous avez en commun Fès et la médecine. Et votre judéité. Lui sur un mode vibrant, toi de loin, comptant sur ton frère le rabbin pour prononcer les prières que tu ne dis plus, Juif nostalgique seulement des fêtes et des bons plats. Je sais que tu t'es résolu à n'être pas incinéré, comme tu le souhaitais d'abord. Dans ta religion on est enterré. Tu le seras sous une pierre tombale seulement ornée d'une colombe. Je parie que tu t'envoleras avec elle.

Le docteur Guigui est fier de son diagnostic. À un jeune homme qui crachait du sang depuis des semaines, sans que nul ne trouve l'origine de son mal, il a demandé d'ouvrir la bouche en très grand, comme celle du patient de la photo. Le jeune homme semblait en pleine santé. Il l'était. Il avait seulement bu de l'eau de rivière dans une ferme, trois semaines plus tôt. Et avalé une petite sangsue. Qui avait grossi. Coincée dans sa gorge, gonflée de son sang. En l'écoutant, je pense aux « sangsues » de ton dos qui prennent tout leur temps pour abréger le tien.

Dans sa salle d'attente, il s'est arrêté devant la prière de Maimonide, elle aussi fixée au mur. Je lis à voix basse. Quelques passages m'arrêtent, comme celui-ci : « Mon Dieu, remplis mon âme d'amour pour l'Art et pour toutes les créatures. N'admets pas que la soif du gain et la recherche de la gloire m'influencent dans l'exercice de mon Art. » Et encore : « Fais que je sois modéré en tout, mais insatiable dans mon amour de la science. Éloigne de moi l'idée que je peux tout. Donne-moi la force, la volonté et l'occasion d'élargir de plus en plus mes connaissances. Je peux aujourd'hui découvrir dans mon savoir des choses que je ne soupçonnais pas hier, car l'Art est grand mais l'esprit de l'homme pénètre toujours plus avant. »

Maimonide est une figure majeure du judaïsme à Fès. Le docteur Guigui voue une profonde admiration à ce théologien, philosophe et médecin juif venu de Cordoue, qui enseigna pendant sept ans à la Karaouine avant de partir en Égypte au service de Saladin. Dédé Tobaly et toi m'avez parlé de son chef-d'œuvre, *Le Guide des égarés*, une tentative de rapprochement de la religion et de la science dont sa fameuse prière porte la trace.

À plusieurs reprises, le docteur Guigui me cite une phrase en hébreu où le prénom de Moïse revient comme une litanie. J'essaie de la noter en lui demandant s'il veut bien me la redire. J'écris à l'oreille, cela sonne bien. Je ne comprends rien. Armand Guigui répète de sa voix chaude : « *Mi Moshé ad Moshé locam ad Moshé.* » Qu'il traduit par : « De Moïse à Moïse, il n'y a jamais eu un meilleur Moïse. » C'est sa vérité. De Moïse, le fondateur du judaïsme, à Moïse Maimonide, aucun Moïse n'a été aussi valeureux. La phrase tourne dans ma tête, j'essaie de la retenir, de garder en moi cette musique. Un rendez-vous est arrivé. Le docteur Guigui m'avait suggéré de venir entre deux patients. Il réfléchit : « Rejoignez-moi au centre communautaire. On poursuivra en dînant ensemble. »

Je me retrouve dans la nuit fassie. La circulation est dense. La nuit encore plus noire, égayée par les enseignes des magasins et les feux tricolores des carrefours. Je me récite la phrase comme s'il s'agissait d'un sésame pour ouvrir les portes secrètes de la ville, un précipité de la Karaouine nichée dans la médina et du passé juif sauvegardé entre le cimetière du mellah et la synagogue Danan. Il me vient aussi à l'esprit que ton prénom hébreu est Moïse.

J'ai un peu de temps avant l'heure fixée par le docteur. Je marche au hasard des rues sans trop m'éloigner. Ton quartier n'était pas très loin d'ici, il me semble. Je ne suis ni dans Fès el Bali, le Fès de la vieille ville arabe, ni dans Fès el jdid, le Fès du palais royal et du quartier juif. J'arpente la ville anciennement moderne, flamboyante dans ta jeunesse, aujourd'hui dénuée de charme. Je me surprends à imaginer ces machines à remonter le temps où le héros intrépide change d'époque en conservant la conscience du présent. Je suis sûr qu'un soir comme celui-ci, un soir d'il y a soixante ans, j'aurais pu croiser le gamin que tu étais, marchant de son pas rapide, avec son allure de gazelle, les cheveux en étoupe, prêt à entrer dans une salle du cinéma Le Bijou pour un western, ou courant à son entraînement de basket. Je marche sur tes pas avec cette sensation étrange d'être toi avant. Je me perds à chaque croisement. Je suis chez moi pourtant. Le Bijou n'est plus qu'une ruine. Émile Frézot, votre mythique entraîneur de basket, est décédé en 2001. Que fais-je ici à battre la semelle, sinon attendre une pluie de souvenirs ? Notre vie est un gant qu'on retourne désormais avec le sourire.

Tu es né fassi. Moi je suis fasciné.

L'air est doux. Je suis en avance. Je reste un moment devant l'entrée du centre communautaire. Je regarde les passants passer, je laisse aussi passer le temps. J'écoute l'appel à la prière. Quand les haut-parleurs se taisent, je remarque un homme qui s'est approché de moi. De grande taille, les yeux bleu vif cerclés de lunettes à monture de métal, il m'observe à la dérobée. Quand nos regards finissent par se croiser, il me tend la main en s'excusant. « On ne se connaît pas mais je vous connais. » Formule curieuse aussitôt élucidée : « Je m'appelle Jacques Mamane. Rien à voir avec Maurice que je connais. Mais vous êtes Éric, il suffit de vous voir pour le savoir. » Devant mon sourire, il s'enhardit. « Chez nous, devant une telle ressemblance, on dit : Celui-là, tu ne l'as pas apporté de la rue. » Il m'entraîne vers l'intérieur du centre communautaire. Je ne tarde pas à comprendre qu'ici la vie est en sursis. On pourrait croire une antichambre du cimetière juif.

« Notre famille vient d'Andalousie, poursuit-il. Un village montagneux qui s'appelait Mamane. » Pourquoi ce *e* final ? « L'orthographe n'existe pas, nous avons une identité floue. » Cela vaut mieux que pas d'identité du tout. C'est pourtant ce qui menace à présent les Juifs de Fès. Au dernier décompte, empirique lui aussi, ils seraient moins de cinquante, quarante-cinq ou quarante-six selon que ton ami Gaby Malka exerce à Fès (quinze jours par mois) ou rentre à Dijon. « J'appartiens au groupe qui va fermer les portes », reprend Jacques Mamane. Nous traversons une cour paisible plantée de quelques arbres. Une vaste salle remplie de lumières, un bar sur la droite, un grand salon meublé de canapés tout à gauche, et au milieu des tables et des chaises, vides pour la plupart. Le lieu est spacieux. « Avant il y avait quatre classes. On a cassé les murs car nous n'avions plus d'enfants », explique Jacques. Il allait rentrer chez lui quand il m'a aperçu. Je me sens comme un de ces enfants perdus à qui on va donner un cours de rattrapage.

Aux murs, une fresque de photos encadrées raconte les grandes heures de la communauté. Le docteur Guigui y figure en bonne place, accueillant ici le prince Charles, là le grand rabbin de Colombie originaire du Maroc, ou encore présidant une cérémonie de remise de fauteuils à des handicapés.

Il est un peu tôt pour boire de la Maria. De la Maria ? Il faut comprendre *ma* et *hia*, *ma* pour « eau », *hia* pour « vie ». La *mahia* est l'eau-de-vie. Qui se prononce Maria. Alors que nous sommes attablés devant un pastis, je pense à ce dicton : Là où l'alcool entre, le secret sort. Par association d'idées, la *mahia* me fait penser à ton grand-père, Yahia. En hébreu, son prénom désigne « celui qui vivra ». Au passage du roi, ses sujets juifs criaient « *Yahia el Malik !* ». Bien avant la naissance de ton frère Claude, Mardochée avait demandé à son père s'il acceptait que le prénom juif du futur nouveau-né fût Yahia. Le vieil homme avait refusé. Un tel geste n'était-il pas une façon d'acter sa mort prochaine ? Il se sentait alors très Yahia, très vivant. Peu avant la venue au monde de Claude, il accepta pourtant. Il avait soudain senti ses forces l'abandonner. Claude le rabbin porte ainsi le nom de Yahia qui mourut peu de temps après sa naissance.

Jacques Mamane, lui, a connu Ninette. Il en parle avec émotion. Je sens combien cette jeune fille a marqué ceux qui l'ont approchée. Par sa vivacité, par sa liberté d'esprit et sa fantaisie. Ses amies étaient musulmanes et françaises, sans distinction. Elles s'appelaient Claude de Beaumont, une future agrégée de lettres, ou Rabea Sebti, issue d'une grande famille bourgeoise de Fès qui donna plusieurs ministres et même un Premier ministre au Maroc. Fréha avait eu Ninette très tôt, à dix-huit ans, un de ces écarts si faibles qu'ils accentuent la jeunesse des mères et font vieillir plus vite les enfants. Ninette était mature pour son âge. Elle était brillante mais assez bavarde en classe où elle décrochait les premiers prix.

Tout le monde la connaissait, elle était très aimée. Tu lui vouais une immense affection, même si elle se montrait parfois agressive avec toi, souffrant sans doute de l'intérêt excessif qu'on te portait, puisque garçon. Trois ans avant son accident, elle avait contracté une typhoïde qui avait manqué l'emporter. Elle était restée des semaines entre la vie et la mort, terriblement amaigrie. Ton père avait réussi à faire venir de France de la typhomycine. Elle avait fini par recouvrer ses forces et sa santé. Elle passait pour une ressuscitée quand la mort décida de s'acharner. Est-ce la vapeur de l'alcool ? J'essaie de me souvenir de l'inscription sur sa tombe blanche du mellah. Le prénom sculpté est Annette. Il me semble qu'il existe une histoire autour de ce prénom, mais laquelle ?

Mon esprit est confus. Je me souviens seulement qu'après son accident, une immense tristesse s'abattit sur vous. Tu n'avais plus le droit de sortir, et encore moins de monter dans une auto pour te rendre aux matches de basket. Tu n'étais autorisé qu'aux rencontres « à domicile ». La peur panique de perdre un autre enfant avait saisi tes parents. Émile Frézot était venu voir Mardochée dans son dépôt de la rue Cuny. Le grand gaillard d'un mètre quatre-vingt-dix s'était extrait de sa petite Fiat pour convaincre ton père de t'emmener dans sa propre voiture, au lieu de la camionnette rafistolée qui transportait l'équipe. Il avait accepté, et c'est ainsi que tu t'étais retrouvé en demi-finale du championnat du Maroc, à Port-Lyautey, devenue Kenitra, où stationnait alors la base américaine. Vos adversaires mesuraient tous une tête de plus que vous. Ils arboraient des maillots rutilants, des genouillères (c'était la mode pour jouer au basket), des chaussures moulantes en bon caoutchouc. Vous aviez vos tricots de corps blancs sur lesquels Frézot traçait un numéro avec un boulet de charbon. Vos espadrilles aux pieds, vous sautiez comme des lapins. Tu te souviens du match remporté, de votre joie intense. Et de votre déception quand Frézot accepta qu'il soit redisputé deux semaines plus tard, sous prétexte qu'un panier accordé avait été inscrit au coup de sifflet final. Un but qui ne changeait rien puisque le score vous était déjà favorable de 4 points. Tu en voulus à votre entraîneur d'avoir accepté cette nouvelle rencontre. Je t'entends murmurer : « J'aimais gagner. » Vous aviez perdu. La finale était à portée de mains. Tu ressentis l'injustice.

Une petite dame a poussé la porte du centre. Elle s'approche de moi à bras ouverts. C'est Danièle Mamane, l'épouse de Jacques. Il lui a proposé de nous rejoindre. Nous allons tous dîner ensemble avec le docteur Guigui qui vient aussi d'entrer. Je m'aperçois que j'arrive à la fin de mon carnet de notes. La couverture de dernière page montre une carte postale ancienne du phare des Baleines, avec au premier plan un autobus d'époque et son contingent de touristes en habits légers. Ce pourrait être le Maroc. Pourquoi toujours cette image de baleine ?

C'est un dîner joyeux et grave, sucré et salé. J'assiste à la mort d'une communauté. Les survivants aiment rire mais leurs rires se fendillent quand ils évoquent ce passé qui les tenaille. Armand Guigui parle des clubs Mimouna créés par des étudiants pour diffuser la culture juive au Maroc. Une initiative qui le réjouit sans le rassurer. Il sait qu'après eux, autour de cette table, il n'y aura plus personne. La plus forte communauté est à Casablanca, où les enfants reprennent les affaires de leurs parents. Partout ailleurs, c'est la fin. Et d'abord à Fès. Jacques Mamane hoche la tête. Les ventilateurs brassent l'air frais, idiots, comme des essuie-glaces un jour sans pluie.

La discussion roule sur l'ignorance par les jeunes Fassis de leurs racines juives. « Quand Idriss demanda à ses soldats de creuser les fondations de Fès, en 840, ils trouvèrent des débris de synagogues et d'habitations juives, raconte Jacques Mamane. Il ne faut pas oublier que la première monnaie du Maroc était frappée d'une étoile à six branches, l'étoile de David. » Le docteur Guigui n'est pas en manque de preuves de ce genre. « Quand je vais en consultation dans la médina, des habitants me montrent les mêmes étoiles dans les pièces reculées de leur maison. » Chacun y va de son exemple pour m'assurer qu'autrefois, les Juifs avaient leurs rues et leurs habitations dans la ville arabe.

Mes hôtes vantent à l'unisson la grande tolérance des Juifs marocains. « Ils sont traditionnels, mais pas orthodoxes. » Aussi ont-ils en partage tant d'us et coutumes avec les Musulmans, jusqu'au congé hebdomadaire du vendredi pour les uns, du samedi pour les autres (et du dimanche pour les Chrétiens). Quelques blagues fusent. « Quel est le meilleur vin pour nous les Juifs ? Le vingt pour cent ! » Le docteur Guigui raconte l'histoire de cet épicier qui avait installé un miroir dans son tiroir-caisse. Il était le seul à pouvoir l'ouvrir. « En se voyant dans la glace, il était sûr que c'était lui qui prenait l'argent ! » s'esclaffe le médecin. Je pense à ton oncle Picsou et à ses trois fils Richard, Prosper et Fortuné. Les aurais-tu reconnus à travers cette plaisanterie ?

Le ton redevient sérieux. Il est question du fameux Tritl. Les faits remontent à un siècle tout juste. Une manipulation française pour justifier la mise en œuvre du protectorat de 1912 qu'incarna Lyautey. Plusieurs fois je demande la signification de ce mot où la seule voyelle paraît perdue. On dirait un tétragramme, comme YHWH, le nom de Dieu que précisément vous autres Juifs ne prononcez pas, sinon par des qualificatifs, « le Plus Grand », « Notre Maître », « le Tout-Puissant » ou « le Bon Juge », ou encore « Je serai celui qui sera »… Adonaï – forme plurielle de Dieu – serait ainsi affublé de quelque vingt-six prénoms, en réalité des épithètes et des attributs témoins de sa gloire innommable et indicible. Le docteur Guigui précise que le chiffre 26 est donc sacré, en référence à cette litanie de métonymies. Je suis un peu perdu dans ce scrabble d'un genre nouveau où les lettres correspondent à un langage chiffré. « Gui-gui fait deux fois treize », essaie-t-il de m'expliquer. Je comprends surtout que l'approche de Dieu chez les Juifs est un casse-tête où les forts en calcul mental sont avantagés.

Quant au Tritl, mes compagnons de table le traduisent chacun à sa façon : émeute, tremblement, pogrom, razzia. Du 19 au 22 avril 1912, le mellah vécut trois jours et trois nuits d'horreurs. Massés devant le palais du sultan Moulay Hafid dont ils contestaient les liens avec la France, des centaines d'émeutiers musulmans, parmi lesquels des soldats réclamant leur solde, fracassèrent les portes du quartier. Les avis divergent sur le rôle de l'armée française. Était-elle stationnée derrière les murailles, attendant que le sang eût assez coulé pour justifier son intervention qui aboutirait « naturellement » à la mise en place du protectorat ? Le refus du sultan d'ouvrir les grilles de son palais déclencha-t-il à lui seul la furie des pillards ? Les Juifs du mellah furent abandonnés à leur malheur. Les assaillants massacrèrent des hommes et des enfants, violèrent des femmes, pillèrent les maisons avant de les brûler, emportant tout ce qui faisait ventre, fracassant les tonneaux d'huile et les meubles, volant bijoux et vêtements.

Depuis les fenêtres de son palais, on raconte que le sultan assista impuissant à ce massacre. Les rues du mellah étaient jonchées de cadavres, les synagogues furent profanées, les rouleaux de Torah piétinés. Moulay Hafid fit bien parvenir un millier de pains musulmans et des olives noires à la population affamée. Le désastre était irréparable. Il aurait pu être pire.

C'est l'ancêtre de Rafi Serfati, le grand rabbin Vidal Hassarfati, qui força le sultan à intervenir en laissant des familles entières se réfugier dans l'enceinte du palais, tandis que les forces françaises venues de Meknès traquaient enfin les criminels. Au prix de canonnades qui finirent de réduire le mellah en gravats. Ce qui se produisit alors frappe l'imagination. Les Juifs recueillis par le sultan furent conduits dans la cour de sa ménagerie. La plupart pénétrèrent dans certaines cages à fauves vides, voisinant avec un couple de lions, un ours géant, un puma, une panthère, quelques singes. Dans la discussion, je sens bien que le docteur Guigui est un peu réservé. Jacques Mamane est plus affirmatif : c'est bien ainsi que les choses se sont déroulées. On a mis des Juifs en cage, à Fès, en 1912. Des images le prouvent. Elles furent prises par Bouhsira, le grand photographe de la ville. On aperçoit des femmes et des enfants derrière des grilles, sales et dépenaillés, à proximité des fauves. Ces clichés trahissent l'ambiguïté de cette relation entre Juifs et Musulmans. Protégés et encagés.

Nous avons souvent parlé ensemble du mellah. Tu n'as jamais mentionné cet épisode. J'ai seulement à l'esprit les explications que tu m'as données : mellah vient du mot *melh*, le sel. Autrefois, les pachas coupaient les têtes des Juifs contestant le pouvoir, puis ils les salaient afin de les conserver, avant de les exhiber au bout d'une pique à travers les rues. Pour l'exemple. Est-ce un hasard si le mellah est construit sur une ancienne carrière de sel ? Ou s'agit-il d'une raison plus acceptable d'avoir baptisé ainsi le quartier des Juifs ? Dans ton souvenir, trente-deux ans après le Tritl, un décret de Vichy contraignit les Juifs venus habiter la ville européenne à retourner au mellah. Quarante familles sur trois cent quarante furent soumises à cette mesure discriminatoire, dont celle de ton oncle Joseph Elalouf. Les lois raciales avaient frappé.

Les yeux de Jacques Mamane se durcissent quand je remonte à la période de Vichy. Son père vit son magasin de curiosités marocaines réquisitionné pour moitié. Il fut roué de coups par un Croix-de-Feu, sous prétexte que le portrait du maréchal Pétain était accroché de travers. « Dans notre enfance, avant la guerre, raconte-t-il avec émotion, l'école de l'Alliance israélite nous avait encouragés à abandonner nos prénoms hébreux pour des prénoms français. J'avais cinq ans. J'entends encore l'appel : Tu es Haïm ? Il n'y a plus de Haïm. Tu t'appelles Henri. Moïse ? Tu es Maurice. Rahamim ? Raymond. Et Mardochée, tu es Marc. Amram ? Tu es Armand. » À cet instant, le docteur Guigui, Armand de son prénom, précise que saint Amram est vénéré autant par les Juifs que par les Musulmans. « Tu es Abraham ? reprend Jacques Mamane. Tu seras Albert. Et pareil pour les filles. Allegria devenait Allégresse. Nous étions complexés par nos prénoms trop hébreux. » Mais quand s'appliqueront les lois de Vichy, les autorités sauront se souvenir du Jacob qui se cache derrière Jacques. Les enfants juifs furent exclus des écoles. Les vexations, les humiliations, les relégations furent votre lot quotidien dans cette période où en Europe, vos coreligionnaires étaient anéantis par millions. Aucune comparaison possible. Seulement une blessure enfouie qui rougit quand on la gratte, comme les yeux de Jacques Mamane.

Pendant la guerre, je sais que Mardochée fut lésé dans son activité, avant que son fondouk ne finisse dans les flammes. Ta jeune sœur Annie m'a raconté que ton père était resté discret sur cette période, mais elle se souvient d'un journal d'après-guerre avec ce titre curieux : « C'est la fin de la guerre et M. Maman a enlevé son manteau de neige. » D'après elle, c'était une manière de dire que ton père s'était tu dans l'atmosphère glacée de l'Occupation, mais qu'à la Libération, il était sorti de sa torpeur. Mardochée avait attaqué l'administration française, son nom était dans les journaux. Ce n'était pas l'habitude de cet homme affable et discret, et je devine que ses ennuis avaient été sérieux pour qu'il intervienne en justice. Comme Juif, il avait été mis à l'écart des adjudications publiques. Une longue période de vaches maigres avait commencé pour vous, tes parents et les six enfants, entassés dans un deux-pièces de la rue d'Indochine, aux lisières de la ville européenne.

L'évocation de Vichy fait réagir le docteur Guigui. « Mohammed V mérite de figurer parmi les Justes des Nations », dit-il. Une candidature à titre posthume qui pourrait être acceptée par le mémorial de Yad Vashem, en Israël. Le président de la communauté de Fès rappelle comment l'ancien sultan refusa d'appliquer les mesures racistes voulues par l'Occupant. « Il n'y a pas de Juifs au Maroc, il y a seulement des sujets marocains », avait répondu Mohammed V au représentant de l'administration coloniale française. Il lui avait même demandé de prévoir cent cinquante étoiles jaunes supplémentaires pour les membres de la famille royale si cette disposition était imposée par la force. Refusant tout contact avec les autorités allemandes, Mohammed V avait même ostensiblement convié tous les rabbins du Maroc à la fête du trône, en 1941. Pour autant, les tracasseries et les difficultés n'ont pas manqué pour les Juifs, pour les tiens.

Je viens d'évoquer des souvenirs de ta jeune sœur Annie. Tout à l'heure, à l'apéritif, je me disais qu'un mystère planait autour de Ninette. Le lien m'apparaît de nouveau, plus clair cette fois. Ninette, Annie. Tes parents ont prénommé leur dernière fille comme leur première. Annie n'était pas encore née lorsque ta sœur aînée succomba à ses blessures. Et le médecin qui avait sauvé Ninette de la typhoïde s'occupa plus tard de la grossesse de Fréha. Quand il fallut prénommer cette petite, c'est lui qui souffla Annie, en écho avec Annette-Ninette. Et pour bien marquer l'intention, il suggéra en second prénom Renée. Re-née. Longtemps ta jeune sœur n'a rien su. La vérité, elle l'a apprise par hasard quand elle avait quinze ans. Une amie qu'elle avait invitée chez elle découvrit des cahiers d'écolière au fond d'une armoire. « Ce sont tes cahiers ? demanda-t-elle. – Pas du tout, répondit Annie en ouvrant l'un d'eux. Ce n'est pas mon écriture. » Le nom inscrit était pourtant bien le sien, en réalité Hannah (qui donna Ninette pour l'une, Annie pour l'autre). Ainsi surgit ce secret fondé sur la douleur. On n'en parlait pas. Il ne fallait pas en parler, ne jamais prononcer ces deux syllabes, Hannah. Ta jeune sœur venait de découvrir l'existence de cette aînée disparue dont elle porte encore le poids en portant le prénom.

Toi, tu me parles du plumier à deux étages que ta grande sœur t'avait offert, un de ses nombreux prix d'excellence, pour laisser croire à tes parents que tu avais brillé en classe. Tu te souviens aussi du petit buffet rempli des livres de Ninette. Après sa mort, plus personne n'avait le droit de l'ouvrir. Une caricature de Victor Hugo était collée à l'intérieur. Tu avais attrapé au hasard un de ces ouvrages. En l'ouvrant, tu avais découvert des fleurs séchées. Si j'y pense, je raconterai cette histoire à Dédé Tobaly. Quant au beau vélo blanc de Ninette, sa trace s'est perdue.

Le dîner touche à sa fin. Cette fois mon carnet de notes est noirci jusqu'à la dernière page. Danièle Mamane raconte des histoires plus légères. Elle raille cette tour Eiffel ridicule plantée par le maire. Elle se souvient d'avoir déjà découvert des choses étranges ici, mais jamais une tour Eiffel.

Des choses étranges ? Il y a longtemps, elle ne sait plus l'année, elle a vu une baleine à Fès. Je reste sans voix. Une baleine, vraiment, si loin de la mer ? Oui, un cétacé énorme pêché près des côtes. Il avait été chargé sur un camion réfrigéré, et on le déplaçait de ville en ville comme une attraction. Un spectacle inoubliable, dit Danièle. Elle donne des détails. J'ai cessé d'écrire. Mon carnet minuscule vient d'attraper une baleine. Un spécimen marocain dans la lueur du phare de Ré.

6

J'ai sous les yeux une photo de toi. Je suis installé sur une terrasse du palais Jamaï où tu aimais parfois « descendre » quand, devenu médecin à Rabat puis en France, tu revenais dans ta ville natale. Bordé de jardins foisonnants qui semblent s'enfoncer dans la médina, ce palais du XIXe fut la propriété d'un vizir avant de devenir un hôtel très étoilé. Dans le plus ancien des bâtiments, le roi possédait ses appartements. Les pensionnaires plongent dans un univers féerique de vitraux, de lanternes, d'azulejos, d'authentiques boiseries sculptées et de cuivres patinés. Ils remontent un siècle au moins en arrière. C'est en grand, en grandiose même, ce que j'ai vu en beaucoup plus simple dans ta maison de Haute-Garonne, au fond de la fosse où Paulette et toi avez aménagé votre salon marocain. Ici Fès scintille dans ses habits de lumière, sans ostentation, dans un mélange de raffinement discret et d'éclat revendiqué. Le palais Jamaï raconte la survivance d'une ancienne cité impériale.

Cette photo de toi, je la regarde dans la douce lumière du mois de novembre. Devant moi bruisse la médina. Toujours ces pépiements d'oiseaux que vient couvrir à heures régulières le chant modulé du muezzin. La ville arabe est à portée de souffle, de l'autre côté du palais. Avant de m'y perdre, avant qu'elle m'avale, je scrute ce cliché du jeudi 29 novembre 1951 pris sur le terrain de l'US Fès, avenue Paul-Doumer, dans la ville nouvelle. Il s'agit de l'équipe de basket cadets de ton lycée. Tu as quinze ans. Tu te tiens en tailleur au premier rang, très droit, bras croisés. Comme tes camarades, tu portes un maillot blanc à épaulettes qui laisse voir une partie de ton torse bronzé. Les trois lettres F-E-S sont floquées en majuscule, en majesté. Tes cheveux noirs dressés sur la tête, on dirait qu'un pétard les a mis au garde-à-vous. Avec ton visage allongé, tes oreilles décollées, ton sourire paisible, je crois reconnaître la bonne bouille de ton petit-fils Solal, l'aîné d'Olivier.

La légende indique le nom d'Émile Frézot, professeur d'EPS. Peu avant mon voyage, à la librairie Les Temps modernes d'Orléans, où m'accueillirent la fille et la petite-fille de Jean Zay, un de tes anciens équipiers m'attendait avec cette photo sur laquelle il figure près de toi. Il s'appelle Jean Ros et devint plus tard entraîneur diplômé de basket.

Ses paroles se mêlent aux tiennes pour faire revivre ces photos figées. J'ignore où se trouve ce terrain de l'ancienne avenue Paul-Doumer, s'il existe encore. Je sais en revanche que cet Émile Frézot fut votre héros pendant les quelques années qu'il passa à Fès. Si tu as tourné le dos à la synagogue, le champion français y fut sans le vouloir pour quelque chose. Encore que son obédience communiste, qui lui avait valu un séjour, sinon une relégation, au Maroc, ne devait guère le porter vers les hauteurs de la foi. Tu répondis présent dès que tu appris l'arrivée à Fès de ce joueur prestigieux. Coqueluche de son club l'Abeille de Gien, il avait porté vingt-quatre fois le maillot de l'équipe de France, terminant deux fois quatrième des championnats d'Europe, et se distinguant même aux Jeux olympiques de Londres en 1948.

C'est en 1949, à trente-quatre ans, qu'il s'installe parmi vous, tout auréolé de ses exploits et de son charisme, avec son visage méphistophélique à la Maurice Béjart. Il cherche des gamins agiles et vifs. Tu en es tout de suite. Avec tes copains vous n'êtes pas très grands de taille, mais votre mentor à barbiche va vous faire battre toutes les équipes, ou presque, du pays. Il compte sur votre vitesse. Il est l'inventeur du basket « ripopo », ce que ton ami Jean Ros définit comme un jeu « spontané et intuitif, fait de passes courtes et rapides, sur des terrains en terre battue ou avec des ballons à vessie aux rondeurs parfois incertaines »... Frézot vous enseigne le shoot coréen, un tir en suspension, sans point d'appui quand le ballon quitte les mains du joueur. Frézot rénove votre jeu de fond en comble. Vos progrès spectaculaires vous conduisent à deux doigts du titre national. Il vous échappera, je l'ai dit, après un match qui n'aurait jamais dû être rejoué. Consolation, vous viendrez à bout de l'OC Khouribga qui domine au Maroc depuis des années. Vous serez heureux.

Je suppose que les souvenirs de basket de ton coéquipier sont les tiens. Alors je t'imagine quand il écrit, dans le texte qui accompagne la fameuse photo : « Je me souviens d'Émile Frézot pouvant paraître hautain avec sa taille et sa barbe toujours bien taillée, mais si humain, dribblant avec le ballon de basket sur la plage de Mehdia, au retour d'un déplacement à Port-Lyautey. » Je te vois, pieds nus dans le sable, tâchant de soulever le lourd ballon avec sa vessie dilatée. Jean Ros ajoute : « Je me souviens aussi de ma fierté lorsqu'un journaliste du

Petit Marocain fit suivre un jour mon nom de la mention : “formé à l’école Frézot”. »

Je sais que tu as éprouvé la même fierté, surtout chez les cadets, quand vous avez battu l’équipe du lycée Lyautey, et encore l’année où tu as été champion du Maroc des établissements israélites. Jean Ros revoit votre professeur quittant le matin sa maison de la rue Brûlart, « avec son vélo muni d’un guidon de course relevé vers le haut, pédalant, le buste en angle droit ». Lui-même habitait dans un immeuble boulevard du Quatrième-Tirailleur, au 53, « et plus précisément juste avant l’angle que formait l’avenue de France avec la rue du Commandant-Mellier ». Je note ces noms toujours gratuitement, on ne sait jamais, des fois qu’il me serait donné de les croiser à nouveau comme on croise des fantômes, en interrogeant ta mémoire. Tu ne devais pas résider très loin de là.

Frézot quitta Fès en juin 1952. Il semble que cette dernière saison fut douloureuse. La presse de Casablanca mena une campagne contre lui, contestant la place qu’il occupait dans les instances du basket marocain. Surtout, un terrible accident de voiture causé par un joueur de l’équipe provoqua la mort d’une joueuse. Cette histoire me trouble. Longtemps dans ta famille, vous avez cru que Ninette était décédée en auto alors qu’elle se rendait à un match de basket. C'était un dimanche matin, sur la route de Meknès. Elle était partie rejoindre un jeune homme qui la courtisait. Elle voulait vivre, Ninette, la rescapée de la typhoïde. Le basket, la piscine, le piano, les surprises-parties, les flirts. La sœur de Dédé Tobaly aurait dû être du voyage. Mais son père, la voyant quitter la maison de si bonne heure, lui demanda où elle allait. Avait-elle demandé la permission ? Elle bredouilla. Il la renvoya dans sa chambre et lui sauva la vie par la même occasion. Je me demande à présent si vous n'avez pas substitué le drame qui faucha la jeune joueuse de basket à la disparition de Ninette. Pour remplir votre esprit d'une pensée moins intolérable. Partir pour un match plutôt que sur un coup de tête, pour une bluette. Cet accident, qui survint une année après la mort de ta grande sœur, a dû remuer en toi bien des tourments.

Je n'arrive pas à détacher mon regard de cette photo de jeunesse. Le nom de Charly Delmar, mentionné aussi dans la légende, ne m'est pas inconnu. Mais ce n'est plus ce gamin athlétique que j'ai vu une fois. C'est un septuagénaire au poil blanc qui m'a tendu la main, un jour où je te rendais visite dans la chambre d'un hôpital parisien. Un cousin cher à ton cœur. Lui aussi avait pour grand-père Yahia. Il m'avait raconté un souvenir d'enfance au mellah. Quand il perdait une dent de lait, sa mère lui demandait de la garder jusqu'à la prochaine visite chez votre aïeul. En arrivant, il se rendait dans la petite chambre où, dans son souvenir, se trouvait le puits (et non dans la cour ou dans la cuisine). Très impressionné, il se penchait au-dessus de l'eau sombre et disait : « Gardien du puits, prends cette dent gâtée et donne-moi une dent en or. » En judéo-arabe, cela donnait : *A mul lbir hak had senna aïfa ou éïténé senna ded heib.* Après toutes ces années, il avait conservé ce souvenir du puits et de ses ondes mystérieuses. À l'hôpital ce jour-là, sur la table chevauchant ton lit, se dressait une bouteille de bon bordeaux. Le chirurgien t'avait enlevé quelques tumeurs. Tu ne sentais plus tes jambes. Comme ils étaient loin, le terrain de basket de l'US Fès, le ripopo et les tirs au panier d'Émile Frézot.

En t'observant, j'essaie de relier le garçon d'apparence insouciante – tu as perdu ta sœur il y a moins d'un an – et l'homme dans l'âge que tu es aujourd'hui. Entre les deux, je ne dispose d'aucune borne intermédiaire. Juste ces trois jours que nous passâmes ensemble l'année de mes dix-sept ans. Tu entrais dans ta quarantaine. Jamais expression n'a semblé aussi ambiguë. La quarantaine s'inscrivait dans tes tempes déjà touchées de blanc. Elle signifiait aussi l'isolement, la mise à l'écart pour risque de contagion, accès de fièvre jaune, peur de la peste et du choléra. Mais entre nous il ne s'agissait pas de ça. Ta quarantaine, c'était le début de mon silence, mon refus de tout contact avec toi. Plus un geste, plus un mot. Je t'avais vu pour la première fois en pensant que ce serait la dernière. Nous avions partagé un peu de temps, mais ce n'était pas le même temps. Le tien était déjà plus rare, quand je gaspillais le mien dans la confusion de l'adolescence. Je voulais simplement te voir, toi tu aurais aimé me garder. Nous vivions à contretemps.

Aussi me manque-t-il le fil des jours qui conduisit le jeune Maurice Maman du terrain de basket de Fès à la vieillesse. Une ellipse a gommé les années. Une éclipse les a dissimulées. Ce que nous n'avons pas vécu ensemble a-t-il vraiment existé ? Tout à l'heure, je te chercherai dans les veines étroites de la médina où tu aimais déambuler, suivant le courant de la foule, allant où te portait ta gourmandise ou ton insouciance. Mais pour l'instant, figé devant cette photo, je cherche les autres indices qu'elle pourrait me délivrer. C'est un interrogatoire silencieux. J'observe les lignes blanches tracées à la chaux sur le sol. Certaines s'estompent. Le terrain est séparé des habitations cubiques par une simple palissade végétale. Ce que je peux dire, c'est que tous tes équipiers semblent prêts à bondir. Tu es le seul à être pleinement en prise avec le sol, indéracinable. Comme si rien ne devait jamais t'arracher à cette terre. Une pensée étrange me traverse. Si je savais où est ce lieu à Fès, peut-être te retrouverais-je au même endroit, dans la même position. Le temps pourrait reprendre à l'envers. Tu n'as pas été mon père, alors tu serais mon fils. Cela tomberait bien : je n'ai pas eu de garçon, et je me débrouillais pas trop mal au basket. Ou alors nous serions frangins. Selon le vieil adage paysan : « Quand ton fils a grandi, fais-en ton frère. »

Je ne suis pas nostalgique de mes souvenirs. Je suis nostalgique des tiens. Drôle d'affection dont je ne connais pas le remède. J'ai entendu parler de Pierre Grouix, un normalien qui veut établir tout ce que son père Camille a fait à Fès à l'époque où il y vivait. Il a publié de très beaux livres sur la ville européenne des années cinquante, avec des clichés en noir et blanc baignés d'une lumière surnaturelle. La Fès moderne y est magnifiée. On n'y voit guère son père (sauf dans *Une jeunesse marocaine*, paru au Rocher, avec sur la couverture une petite photo d'identité) mais l'un d'eux montre Jacques Mamane en pleine jeunesse, assis à une table du Grand Hôtel, lancé dans une partie de bridge. Le père de Pierre Grouix a quitté Fès en 1958, à l'âge de dix-sept ans, et n'y est pas revenu. Vous êtes-vous connus ? Toi tu as souvent repris la route de Fès. La dernière fois, tu as regretté ton voyage. Les palmiers avaient tant poussé qu'ils étouffaient l'ancienne avenue de France. L'oued Fès, où tu t'étais rêvé champion de natation, était devenu un cloaque. Tu n'as plus reconnu ta ville. Camille Grouix avait sans doute ses raisons de quitter Fès sans retour, et de n'en plus parler jamais.

Ce sourire que tu arbores en basketteur, je l'ai découvert pour la première fois sur un cliché minuscule aux rebords crantés comme la chevelure d'un crooner. Tu portais un pull à col roulé. Tu devais avoir vingt-deux ou vingt-trois ans. Tu terminais ta spécialité de gynécologie à Nancy, sinon tu n'aurais pas été vêtu si chaudement. Tu avais quitté Bordeaux quand l'histoire avec ma mère avait pris fin. Cette petite photo, je l'ai eue entre les mains, je devrais dire entre mes doigts, quand j'avais une quinzaine d'années. L'âge que tu as sur le document avec Émile Frézot.

J'ai beau creuser ma mémoire, les images de toi s'arrêtent là. Dans ton salon marocain, tu m'as montré des albums de l'époque où tu travaillais à la maternité de la Maréchale-Lyautey, à Rabat. C'est curieux mais sur ces photos semi-officielles, prises dans des réceptions au palais (tu les fuyais en général car elles ne commençaient jamais avant minuit et tu avais tes patients) ou avec des notables, je ne te reconnais pas. Tu as perdu le sourire de ton enfance. Celui qui traverse ton visage est une façade. Je le retrouve : c'est le mien. Tu as l'air perplexe ou ailleurs. Tu penses à autre chose. Après tout, c'est peut-être mieux ainsi, de n'avoir pas vu ton visage changer insensiblement avant la vieillesse et la maladie. Maintenant tu montres ce que tu es sans apprêt. Ton regard brille d'un surprenant mélange de douceur et de furie. Comme si, jusqu'au dernier instant, tu hésitais entre rire et te fâcher. Contre moi ? Non. Contre la vie qui a passé trop vite. Dans ta tête, tu es resté ce gamin attachant qui ne va pas tarder à bondir dès que le photographe aura fini de tirer le portrait de la fine équipe. Tu piqueras le ballon à ton voisin, il effleure déjà ton genou gauche, et tu voleras vers le panier. Je me trompe ?

7

L'homme qui me conduit vers la porte Boujloud s'appelle Moha. Son père était jadis au service du père de ton ami André Tobaly. C'était un personnage dur au mal, avec une santé de fer. De toute son existence, il ne vit jamais un médecin. Il perdit plusieurs enfants qu'il alla chaque fois enterrer seul et nuitamment sur les berges de l'oued Fès. Là où en plein jour les gamins se baignaient avec les chevaux. Adolescent, Dédé l'aperçut à l'aurore qui rentrait de cette cérémonie funèbre, sans une plainte, sans un mot. Moha et Dédé sont des frères de la tétée. Ils ont sucé le même sein, partagé la même chaleur d'une généreuse nourrice. Lorsque ton ami est revenu à Fès au milieu des années 2000, après une parenthèse de cinquante ans, il a retrouvé Moha. Et si Moha n'était pas occupé à veiller sur lui, à satisfaire ses besoins quand il ne les précède pas, cet escogriffe de Dédé n'aurait pu se réinstaller dans sa ville natale. Le Musulman Moha est l'ange gardien du Juif Tobaly.

Ce soir nous irons dîner chez Dédé, dans son appartement sans apprêt de la ville européenne, non loin du café Cirnos. Tu y disputais au sous-sol des parties de ping-pong acharnées. D'abord, nous filons vers la porte Boujloud car je veux voir l'hôpital Cocard, à l'entrée de la médina, derrière les hautes murailles de la Casbah. Tu y as travaillé trois mois comme interne. C'est la seule fois que tu as pratiqué la médecine générale à Fès. J'étais né depuis peu. Tu vivais dans l'espoir que maman te recontacte. De belles Fassias t'approchaient mais tu restais sur la réserve. L'une de ces jeunes filles se prénommait Térésa. Elle devint plus tard l'épouse du frère de Jacqueline, la meilleure amie de ma mère. Ce lien me trouble : combien de fois, lors des Saint-Sylvestre de mon enfance, ai-je croisé cette superbe créature à la peau pain d'épice, aux yeux d'émeraude, sans imaginer une seconde, comment aurais-je pu, qu'elle te connaissait, qu'elle t'avait frôlé, qu'elle savait ton nom et où tu vivais ?

J'étais dans la voiture de Jacqueline, un jour d'hiver 1968, quand nous eûmes un grave accident. Jacqueline manqua de mourir. Sa hanche avait été broyée. Il lui fallut des mois de douloureuse rééducation. Les progrès étaient lents. Par bonheur, elle tomba sur un jeune kiné originaire de Tunisie qu'elle trouva charmant et qu'elle n'eut de cesse de présenter à maman. Il s'appelait Michel Fottorino. Par bonheur, il deviendrait son mari, deviendrait mon père. Non pas à ta place, puisque tu n'avais pas de place, mais dans le vide creusé par ton absence. Tu n'étais même pas un père naturel. Tu étais une absence naturelle. Un non-dit comme il est des non-lieux.

Une autre histoire avait commencé pour moi, imprégnée d'Afrique du Nord. Comme une mise en condition. Je m'interroge, en traçant ces lignes, sur les méandres souterrains du destin. N'y avait-il pas une certaine cruauté à connaître Térésa sans savoir ce qu'elle savait de toi, sans que dans son regard filtre un indice, un trouble ? Les adultes parviennent très bien à garder les secrets qui ne leur appartiennent pas. Ce n'était pas sa faute. C'était la faute à pas de chance. Il est des guerres de religion qui ne font aucun mort. Seulement des blessés qui méconnaissent le nom de leur blessure.

Dans cet hôpital vaste de plusieurs hectares, avec ses vieux bâtiments séparés par de paisibles jardins, tu as été heureux. Tes aînés ne demandaient pas mieux que de se décharger sur un novice qui « en voulait ». Ils t'ont expliqué la pathologie courante et t'ont mis entre les mains d'excellents infirmiers marocains que les médecins français avaient formés à des actes très précis pendant le protectorat. Ainsi l'un d'eux, sourd-muet, savait uniquement refermer les plaies. Il les nettoyait en un tournemain, appliquait l'antiseptique puis, selon la demande, plaçait des points séparés ou un surjet qui laissait invisibles les berges de la cicatrice. Il s'exécutait de façon parfaite, avec une rapidité que tu n'as jamais revue. Un autre, dans ton souvenir, réduisait comme un rien les luxations à l'épaule. Il était si doué que pour cette manœuvre, et bien d'autres, on le sollicitait à la clinique de la ville pour venir en aide au chirurgien.

Pendant ces trois mois à l'hôpital Cocard, tu as appris quantité d'actes pratiques : ponctions lombaires, sutures, trachéotomies, petite chirurgie. Tu appréciais ces infirmiers sans diplômes qui connaissaient comme personne la pathologie des patients. L'infirmier-chef était un homme jovial qui se coupait la barbe de bon matin sitôt arrivé au service. Il se saisissait d'un énorme rasoir qui lui laissait le visage tailladé, la peau sanguinolente. Cela ne l'empêcha pas un matin d'embrasser à grands gestes un patient qu'il connaissait… avant que tu ne diagnostiques sur le malheureux les symptômes de la rage. Tu te souviens avoir commandé d'urgence vingt-quatre injections antirabiques. L'infirmier-chef jura de ne plus étreindre quiconque de sa connaissance dans l'enceinte de l'hôpital.

À cette époque, tu passais le samedi chez tes parents. L'ami de ton père Judah Bensimon venait vous rendre visite. (Tu l'as confondu avec un autre Bensimon, prénommé Jacques. C'est semble-t-il la famille de ce dernier qui introduisit le père de Foucauld dans le mellah de Fès, déguisé en rabbin.) Ce conteur était aussi un formidable hypnotiseur qui exerçait parfois son art sur vos amis. L'expérience fut de courte durée : tu découvris qu'il ne parvenait plus à les réveiller !

Nous avançons au ralenti. Mes yeux cherchent des repères. Au milieu des pelouses se dressent de curieux tumulus de terre empierrée sur plusieurs étages. Une fois garés à l'abri de grands cyprès, nous marchons d'une unité à l'autre. Ce sont des blocs de faible hauteur, qui se fondent dans la végétation. Sur des panneaux modernes je lis *Médecine du travail*, *Hygiène du milieu*, *Surveillance épidémiologique*. Plus loin, légèrement en retrait, une cour ombragée mène à la maternité. L'encadrement de la grande porte est orné de tesselles ocre, bleu et bordeaux. Des femmes attendent pour une consultation.

Des hommes marchent d'un pas rapide, pressés de découvrir un nouveau-né. Je prends des photos. Je sais que tu y reconnaîtras les tiens. Je ne suis pas sûr que tu sois allé si souvent dans cette partie de l'hôpital. Chaque naissance te rappelait la mienne.

Moha cherche le buste du docteur Christiani. Un de ces médecins de l'époque du protectorat qui a laissé un souvenir vivace chez les vieux Fassis. « Il marchait chaque jour douze kilomètres pour venir à la consultation. » Je lui fais répéter. Douze kilomètres, vraiment ? Moha acquiesce d'un sourire. Les gens l'arrêtaient en route. « Docteur, mon fils est malade. Je n'ai pas de voiture pour le conduire. Vous pouvez venir ? » Et il s'arrêtait, auscultait, ne comptait pas son temps. Moha demande en arabe à un employé de l'hôpital où est passé le buste du docteur Christiani. Je comprends que l'homme ne sait pas. Que la statue a été enlevée. « C'était du temps des Français », me dit Moha comme pour s'excuser.

Nous nous arrêtons devant une plaque de carreaux bleus et blancs incrustée dans le mur d'un bâtiment. Il est écrit :

Pavillon sœur Marie Exupérie
Franciscaine missionnaire de Marie
Infirmière-Major
Morte en service le 6 mars 1928

Au-dessus d'un moucharabieh, dans un bloc voisin, une plaque semblable porte la mémoire de la mère Marie Ghislaine, disparue cinq ans plus tôt, le 15 mai 1923.

Je me demande quelles circonstances ont causé la mort de ces religieuses « en service ». Surtout, je m'arrête devant ces deux mots : infirmière-major. C'était exactement la fonction de ma grand-mère maternelle après la guerre, dans le petit hôpital de La Grolle, en Charente. Cette femme qui t'a éconduit parce que marocain et juif était une infirmière-major comme il en existait donc à Fès. Ma grand-mère aurait-elle été plus tolérante si elle avait connu la société fassie ? Je sais que son éducation ne la poussait pas à ouvrir sa famille à un étranger, juif de surcroît. Mais tu ne gardes pas d'elle un souvenir amer. Plutôt l'image d'une femme de devoir, forte et digne, intraitable sur les principes. Elle t'avait reçu gentiment à Bordeaux, pour t'expliquer ce qui était possible, et ce qui ne l'était pas. Tu l'avais sentie résolue dans ses convictions chrétiennes. Elle s'était montrée polie et mesurée. Tu compris qu'elle n'était pas antisémite. Elle et son mari, mon grand-père, n'avaient-ils pas caché dans leur ferme la famille Klein, des Juifs alsaciens, jusqu'à la fin de la guerre ? Enfant, je me souviens de ces grandes boîtes de chocolats qui arrivaient par colis postal à Noël, avec une carte d'Eugène Klein qui faisait toujours monter les larmes à ma grand-mère. Chacun fut prisonnier des préjugés qui vont avec les religions. Je pense à tout cela en m'éloignant de l'hôpital Cocard. Je n'ai de rancœur pour personne. Pas davantage pour mon infirmière-major de grand-mère qui refusait un mari juif pour sa fille, que pour tes parents Mardochée et Fréha, dont la bru ne pouvait être qu'une Juive – à la rigueur convertie – trempée dans le bain froid du *miqveh*.

Après tes trois mois d'internat à Fès, tu es parti pour l'hôpital Colombani de Casablanca. Tu te souviens de tes deux patrons, le docteur Grévin, chargé des contagieux, et le docteur Rollier, une sommité alors reconnue pour ses travaux en léprologie. C'est ainsi que tu t'es retrouvé à diriger le service des lépreux, injectant aux malades, en intraveineuses artérielles, un mélange d'héparine et de corticoïdes. Un geste qui rebutait pas mal de tes jeunes collègues, à cause de l'habileté requise et des craintes de contamination. Le docteur Rollier dirigeait une institution d'enfants lépreux. En fin d'année, c'est à toi qu'il avait demandé de remettre les prix aux gamins malades, pour les féliciter de leurs bons résultats scolaires. À toi l'ancien cancre qui avait rattrapé son retard à l'école par amour-propre, pour effacer le regard dédaigneux de cet oncle qui t'avait humilié, après la mort de Ninette.

Cette porte Boujloud, tu l'as déjà évoquée. Je cherche à quelle occasion. Un fil invisible la relie au mellah. Cela me revient. J'y ai pensé hier en cherchant la pharmacie Cohen, dans la grande rue du quartier juif. Elle nous ramène à ton adolescence. L'été, tu travaillais dans cette officine où ton cousin était préparateur. Chaque jour tu louais un vélo et tu te rendais « en médina », comme tu dirais « en voyage », à la pharmacie de Boujloud, y chercher les médicaments manquants. Ces incursions dans la ville arabe te plaisaient beaucoup. Tu en revenais rempli de couleurs et d'odeurs, charmé, troublé. Tu devais t'attarder un peu car tu rentrais au mellah essoufflé d'avoir pédalé trop vite. Un jour, ton cousin t'a donné un remontant : de la quintonine. C'était une préparation à base de quinquina, d'orange amère et de gentiane, baignant dans une solution d'éthanol. La légère ébriété qui t'envahissait était délicieuse. Tu cherchais à l'éprouver chaque fois que tu revenais de la médina. Tu veillais à pousser la porte de la pharmacie à bout de souffle, au bord du malaise. Une rasade de quintonine te requinquait.

Avec Moha nous franchissons cette porte monumentale qui t'a vu passer autrefois. Il existe en réalité deux portes de Boujloud, séparées de quelques dizaines de mètres. La plus ancienne date du XIIe siècle. On y accède par une entrée coudée qui débouche sur l'ancienne rue des Vanniers. L'autre date du début du protectorat. Avec son arc central et ses petits arcs de côté (comme une famille en creux, disons une mère et ses enfants), ses façades à carreaux de zelliges verts et bleus, c'est une splendeur crénelée qui dévoile la vie trépidante de la médina. Elle ouvre sur une rue encombrée de charrettes tirées à bras d'homme, chargées d'herbes, d'olives violacées, de graines de grenades translucides. Pour l'instant, je n'ai d'yeux que pour l'enseigne de la pharmacie où tu faisais provision de médicaments pour ton cousin. Moha m'indique une porte semblable à Bab Boujloud en miniature. Nous y sommes. Il faut franchir une voûte et nous voilà transportés au début du siècle dernier, chez un apothicaire comme on l'imagine dans la France bourgeoise d'antan : un sol superbement carrelé – au goût arabe bien sûr –, des armoires en bois vernissé dans les tons chauds du cerisier (mais je ne suis pas doué pour reconnaître les essences), des murs blancs chaulés, un solide comptoir, d'antiques tabourets en bois aussi, une vitrine éclairée de l'intérieur, des employés en blouse sagement boutonnée jusqu'au col. De la pharmacie Benchekroun émane un passé enfui.

Tout y est propre, feutré, lustré. L'agitation du dehors ne pénètre pas dans cette semi-pénombre aux effluves d'encaustique et d'aspirine. Tout est beau, presque trop. D'où vient ma légère déception ? Je peux t'imaginer sans peine, et pourtant je t'imagine avec peine. Je croyais sans doute qu'en venant ici, c'était toi que je retrouverais à proximité des flacons et des fioles. J'arrive encore trop tard. C'est un jeu où il faut savoir se perdre. Je tiens le fil. Je le tiens de toutes mes forces et il n'y a personne au bout. Tu es ailleurs quand je suis ici. Notre fameuse discordance des temps. Remonte la déception d'être à Fès sans que tu y sois aussi. Inutile d'insister. Ce vélo contre le mur n'est pas le tien. Tu ne pourrais pas même circuler en fauteuil dans ces ruelles étranglées.

En retrouvant la lumière du jour qui baisse, j'aperçois des dizaines d'inscriptions peintes sur la façade d'un immeuble. *Souriez, vous êtes à Fès*. L'expression revient dans toutes les langues. *Sonrie, estas en Fez !* Je souris. La vieille ville arabe m'aspire déjà.

8

La médina, tu aimais la regarder d'en haut. Adolescent, avec tes copains ou avec Denise, ta petite amie à l'époque du bac, vous montiez aux Mérinides, une de ces collines qui offrent un panorama sans pareil sur la ville. Non loin des tombeaux des fondateurs de Fès, se trouvait un café maure. Tu restais des heures à regarder ce spectacle grandiose, jusqu'au coucher du soleil. Par-delà la cité, tu voyais distinctement la forêt argentée des oliviers, les petites montagnes violettes du Zalagh, les villages « blancs », parsemés de maisons minuscules peintes à la chaux. Ce sont ces paysages que tu recherchas plus tard à Grenade, à Cordoue, à Séville, et bien sûr dans ta maison d'Estepona, le regard tendu vers les lumières du Maroc. Il t'arrivait de dîner sur l'ancienne terrasse du vieil hôtel-restaurant des Mérinides avant qu'il ne brûle. Ou d'y rester le temps d'un thé à la menthe prolongé à l'infini, avec tes révisions du bachot. Au fil des heures la médina n'était plus qu'une rumeur informe. Malgré ses milliers d'habitants, tu ne distinguais pas âme qui vive. Ce souffle sans visage te fascinait. Tu tenais Fès au creux de ta main, et la Karaouine au bout de ton majeur. En montant à mon tour sur ce promontoire, j'ai reconnu la gravure accrochée au mur de ta cuisine. Quand tu la regardes, tu ne vois pas seulement la grande université coranique. Tu te retrouves au sommet des Mérinides, tel l'enfant que tu étais, avec Fès alanguie à tes pieds, forcément immuable.

Je me suis engagé au hasard des rues qui sont moins que des rues. Surtout quand un bourricot chargé bloque le passage tandis que son maître lui crie : *« Balek, ould el houdi lakhor ! »*, « Dégage, espèce de fils de Juif ! ». Je déambule et me laisse gagner par le spectacle foisonnant. Avec la nuit qui tombe, les souks redoublent de lumières vives. Les tissus débordent de couleurs, les fruits semblent avoir été repeints et vernis. Les babouches luisent, avec leurs pointes lisses comme des galets. Je m'enfonce. Bien sûr, je suis perdu. Pas tout à fait : tes pas me précèdent. Ce que je vois, tu l'as vu. Ce qui vibre en moi, tu l'as éprouvé toi aussi. Un fil nous relie. Par endroits monte une odeur de volailles. Des poulets sans plumes s'ébrouent. À l'intersection de deux rues, un étal de pâte d'amande rose ou vert tendre. Une véritable montagne de douceur. Les amandes forment des pyramides. Des seaux de métal contiennent de petites boules rouges aux rondeurs moelleuses de fraises Tagada. « Des arbouses », me lance un marchand qui a suivi mon regard. Voici maintenant un tas de savon noir aux allures de rocher psychédélique. Je jette des coups d'œil furtifs dans les endroits obscurs. Une porte entrouverte laisse filtrer une silhouette agenouillée, un visage recueilli, les yeux clos. Dans ce bruissement permanent, il existe des îlots de silence. Je crois violer une intimité. Un sourire me dit qu'elle m'est offerte.

Se succèdent des échoppes d'artisans du cuir, une petite place remplie d'antiquaires, la petite musique lancinante des dinandiers qui donnent au cuivre formes et reliefs. Parfois, entre deux bazars baignés de lumière où les murs sont des tapis géants, un minuscule salon de coiffure semble rescapé de temps immémoriaux. Il faut tendre l'oreille pour deviner le cliquetis des ciseaux, le ronron de la tondeuse de boules à zéro. Les clients disparaissent sous des serviettes blanches, enfoncés dans de profonds fauteuils. Je saisis l'expression concentrée d'un cordonnier, un buisson de clous entre les lèvres serrées. Une femme passe à bout de bras un plateau de pâtisseries, sablés et gâteaux de sésame. Tout virevolte. Danse immobile des djellabas claires, grises, sombres. Nouvelle débauche de gâteaux à la crème cette fois, de biscuits. Amoncellements de sucre, de miel, de pistaches entrouvertes, de cacahuètes dans leur gangue gaufrée, de petits pains ronds qui sentent le chaud, flammes d'un four, ruissellement d'une fontaine. Marchands de kakis, échafaudages d'œufs frais. Inquiétante concentration de bouteilles de gaz, debout ou sur le flanc. Dentelles pour demoiselles. Fauteuils et banquettes de jeunes mariés.

Soudain, au détour d'un énième croisement, face à une boutique de babouches de luxe, je tombe sur le minuscule espace d'un libraire. Un mouchoir de poche. Les livres et les cahiers d'écolier sont posés à même le sol. D'autres sont accrochés à une ficelle, ouverts jusqu'à la tranche comme des oiseaux en laisse ou du linge à sa corde. Se côtoient des titres d'autrefois : *Le Grand Cirque* de l'aviateur Pierre Clostermann, *La Chevelure* de Maupassant, un recueil poétique d'Édouard Glissant ; un vieux livre du maréchal Juin, de l'Académie française : *Le Maghreb en feu*.

Je n'ai jamais su pourquoi certaines phrases vous sautent aux yeux. En feuilletant ces pages jaunies, je lis que ce « démiurge » de Lyautey « avait trouvé le Maroc en pleine anarchie et rébellion, lui-même ayant fait en avril 1912 son entrée à Fès sous les balles ». 1912, un siècle tout juste. Les balles des Arabes et des Berbères dégringolés des montagnes pour s'en prendre aux Juifs du mellah. C'est la génération de tes parents qui a connu les débuts du protectorat, après l'abdication du sultan Moulay Hafid. C'est à Fès que fut signé le traité consacrant ce lien entre la France et ton pays alors en butte au « bloc berbère des Atlas » (Moyen, Haut et Anti), comme l'appelait le maréchal Juin. Premiers habitants du Maroc, ces Berbères avaient pris le dessus sur les Arabes, venus bien après eux. La « pacification française » dura jusqu'en 1934, deux ans avant ta naissance. La ville que tu connus fut toujours marquée par l'empreinte française. Tu n'as pourtant pas oublié tes racines berbères transmises par Yahia, l'enfant de Rissani, dans le Tafilalet, au sud-est du pays, la ville des grandes caravanes chamelières montées d'Afrique avec le sel, le berceau aussi de la dynastie des Alaouites qui règne encore sur le Maroc à travers Mohammed VI.

La petite pluie tache les couvertures des livres. Je poursuis droit devant. À l'appel du muezzin dont la voix perce le brouhaha, le flot des hommes se dirige vers une grande porte. Il me faut lever les yeux pour réaliser où je suis : c'est la Karaouine. De loin, sur les hauteurs, depuis les Mérinides ou les terrasses du palais Jamaï, on ne voit qu'elle, avec son minaret fuyant vers le ciel et son toit pyramidal semé de tuiles vertes. Mais en pleine médina, dans ce labyrinthe tortueux, on pourrait presque la manquer, encastrée qu'elle est dans un réseau inextricable de ruelles, de boutiques et d'habitations. Je ne peux entrer. Je m'arrête au seuil, observant les fidèles qui se déchaussent et avancent vers les lieux d'ablution. La Karaouine n'est pas seulement un lieu de prière qui peut abriter vingt mille personnes. Au IXe siècle, elle fit de Fès le phare de l'enseignement coranique au Maghreb. Ici ont enseigné les grands maîtres du soufisme, courant spirituel de tolérance s'il en est, le médecin et théologien de Cordoue Averroès, l'historien et poète Ibn Khaldoun, et bien sûr Moïse Maimonide. Quand on s'avance en pleine journée, à l'entrée de certaines grandes salles, on peut apercevoir des piles de livres. On étudie les langues, la théologie, la philosophie, les mathématiques, l'astronomie. On y apprend la richesse et la complexité du monde.

Plus que ses innombrables colonnes (quelque deux cent soixante-dix d'après les guides friands de ce genre de détails), cette mosquée-université m'attire par ses origines. « La Karaouine a un lien avec ton père Michel », m'avais-tu dit un jour de façon sibylline. Je me demandais bien ce que Michel Fottorino, athée en puissance, pouvait avoir en commun avec ce haut lieu de la religion musulmane. Tu avais pourtant raison. C'est une jeune femme originaire de Kairouan, la ville sainte de Tunisie, qui aurait fondé la Karaouine. Elle s'appelait Fatima el Fihriya, et la légende veut qu'elle soit partie à la recherche de son père, un riche Kairouanais. Voilà qui serait, à travers les âges, un clin d'œil à notre histoire. Une quête de paternité. Mais les faits ne sont guère établis. Certains savants lui attribuent l'édification de cette mosquée après la mort de ses parents, sans que l'on sache quelle motivation l'a amenée au Maroc. Il est dit que sa sœur Meriem fit construire de son côté la mosquée des Andalous, toujours à Fès. Fatima el Fihriya incarne un islam moderne et tolérant, du fait même qu'une femme puisse être à l'origine de ce centre « de sagesse et de science », comme l'avaient rêvé les Idrissides en créant la ville de Fès. La légende est belle, sans doute est-elle fausse. Elle éveille pourtant une saveur particulière en moi. Kairouan, que j'ai connu plus jeune, n'est pas seulement une de ces cités bénies qui, avec La Mecque, Médine et Jérusalem, constituent les villes saintes de l'Islam. Elle est aussi la capitale des *makrouds*, ces pâtisseries compactes à base de dattes enrobées de semoule, formant un gâteau en losange ou en triangle, pourquoi pas le triangle de Pascal, cette pyramide géométrique dont on attribue la découverte à Ibn al-Yasmīne, mathématicien de la Karaouine et juif par-dessus le marché.

Je m'amuse des mots. Karaouine vient donc de Kairouan, comme médina vient de Médine. Mes compétences en trigonométrie sont trop évanescentes pour parier que les *makrouds* épousent correctement la forme du triangle pascalien. Mais j'en tiens pour preuve de notre étrange destinée que la première fois où Michel Fottorino, désormais mon père à tout juste dix ans, rapporta des douceurs orientales afin de tenir un siège devant la télévision pour suivre la Coupe du monde de football 1970, et d'abord les exploits ahurissants d'un certain Pelé qu'on disait vieux (il avait juste trente ans), cette fois-ci donc, c'est avec du papier journal plié en quatre qu'il entra triomphalement dans le salon familial, le sourire en soleil et les mains collantes de *makrouds*. Il n'eut qu'un mot à me dire : « Goûte ! » Je n'ai jamais oublié la saveur de ce premier gâteau exotique. Il était ferme et tendre à la fois, imbibé de miel et sucré comme pas permis, avec des senteurs d'orange, des arômes citronnés qui laissaient une sensation de légèreté en dépit de la pâte épaisse doublée de ces dattes *deglet nour* qu'on appelle en Afrique du Nord des doigts de lumière.

C'est avec cette révélation des *makrouds* que j'ai vraiment connu mon père. Que j'ai appris à l'aimer, si ces choses-là s'apprennent. Je le revois déplier cette feuille de journal, il avait dû trouver son butin chez un de ces petits marchands tunisiens du marché des Capucins, à Bordeaux, où il m'arrivait de vendre des fleurs coupées sur le stand Bordoflor de mon oncle. Je suis sûr que ses yeux brillaient. Qu'il avait peut-être aussi englouti un *zlabia* pour la route, pincé entre deux doigts dans du papier cristal, tu sais, ces gâteaux dorés cassants comme du verre, les branches rondes emplies de miel, qu'on ne peut manger sans que ça dégouline...

La Karaouine m'aura mené à toi en passant par Michel. Je réalise en traversant la médina que la Tunisie des Fottorino fut une première impression de ton univers, l'impression qu'on garde pour toujours. Les souks de Tunis, les plaines rayées d'oliviers en quinconces de la région de Sfax, les lumières de Sousse, les piscines romaines de Gafsa en écho aux splendeurs antiques de Volubilis, non loin de Fès, toutes ces merveilles pour l'enfant sans rêves que j'étais m'annonçaient déjà le Maroc, ta ville natale, votre Orient qui me désorientait, mais dont je sentais confusément qu'il était mien.

Toi aussi, Maurice, tu étais gourmand. Je me souviens de cette rocambolesque histoire de faux dollars que tu avais récupérés je ne sais où, et que Mardochée t'avait interdit d'utiliser. Tu avais bravé la consigne pour la bonne cause, la cause sucrée, en dévalisant la meilleure pâtisserie de Fès et payant avec un dollar avant de t'offrir une séance de cinéma, le tout dans la ville européenne. Vous auriez fait la paire, Michel et toi, lancés dans les rues de la médina chassant les cornes de gazelle, ou dans les quartiers modernes en quête de délices crémeux, éclairs et mille-feuilles. Le seul enseignement que mon père aurait toléré à la Karaouine eût porté sur l'art de fabriquer les *makrouds*, si tant est que pareil cours existât. Tu es né en 1936, Michel était de 1937. Tu étais le plus âgé, sans doute pas le plus sage. Il aurait aimé ton grain de folie, ta fantaisie de gamin que tu réprimas plus tard en toi, gagné par la mélancolie qui vient avec les soucis et les deuils. Je garde une image de vous deux, en 2006, réunis pour mon mariage avec Natalie, sous un soleil rochelais qui unissait la Tunisie et le Maroc. Les deux protectorats que connut l'Afrique du Nord.

Pour en finir avec les dattes, une réticence me fit longtemps écrire le mot avec un seul *t*. Je savais que je me trompais mais je persistais à commettre la faute. « Aimes-tu les dattes ? » J'entendais « Aimes-tu les dates ? ». J'associais ces fruits charnus au temps qui passe, ou plutôt au temps qui recommence. En les mastiquant lentement, j'avalais le temps. Pas n'importe quel temps. Le temps nouveau comme il en est du vin, le temps des commencements, des recommencements, le temps des promesses et des audaces. Je date ma renaissance en fils de la Méditerranée à la découverte de ces *makrouds* apportés par mon père. Ils ont fait naître en moi une ère toute neuve qui me rapprochait de mon propre noyau. Chaque fois que j'écris une datte avec ses deux *t*, le premier *t* me suffit pour savoir où j'en suis dans ma vie. Mieux que les lignes brisées de ma main, les dattes sont mon calendrier intime. Je le réactualise chaque année à l'automne, quand les belles *deglet* apportent leur sensualité brune et sucrée.

Je connais quelques-uns de tes souvenirs dans la médina. En seconde, tu avais deux amis, deux Lahlou, Driss et Mohammed. Le premier était un garçon très sérieux. Il t'invitait dans une demeure somptueuse où il vivait avec sa mère et ses frères. Son père s'occupait de ses sardineries à Safi, loin sur l'Atlantique.

Ensemble vous refaisiez le monde. Driss était très amoureux d'une jeune Juive. Il s'attristait des tensions qui parfois opposaient vos communautés. C'est lui qui te fit connaître le quartier des tanneurs vers lequel je me dirige à présent. Inutile de demander sa route. L'odeur me guide. Une odeur âcre, écœurante, de bêtes abattues, de peaux juste décollées de la chair des moutons et passées dans des bains colorés qui ressemblent à des encriers géants. À l'intérieur de ces cuves juxtaposées, un mélange de fientes de pigeon, d'urine de vache et de cendre. Des produits chimiques qui attaquent la peau des hommes pour embellir celle des bêtes. Des femmes tendent des bouquets de menthe à plaquer aussitôt sous son nez. Les couennes tendues ressemblent à des torses de suppliciés qu'on aurait badigeonnés d'ocre, d'indigo ou de safran. J'ai beau savoir que ces fines peaux nervurées donnent en reliure de magnifiques et bien nommés maroquins, ces cuirs expriment d'abord une douleur. Je repars les narines pincées. Un bourricot disparaît sous un empilement de pièces à tanner. Bourricot fils de Juif, comme on dirait marabout, bout de ficelle.

Ton autre ami Lahlou, Mohammed, t'initia à des parfums plus subversifs. « Il passait son temps dans le quartier chaud de Moulay Abdallah », m'as-tu écrit. Le jeudi, il t'entraînait au cœur de ces ruelles où cohabitaient familles ordinaires et population choisie de ce que tu appelles, sans être sûr que le terme soit approprié, des maisons closes. « Dans une pièce-salon, te souviens-tu, une dame nous recevait. Ensuite elle faisait appeler des jeunes filles qui nous préparaient du thé et souhaitaient causer comme l'auraient fait des copines. Après, nous dansions avec elles. Libre à nous d'aller plus loin, mais ce n'était pas obligatoire. » Traversant la médina, je souris à ce souvenir tout en délicatesse pour évoquer le plus vieux métier du monde. J'ignore où se trouve ce quartier de Moulay Abdallah, et s'il est encore réputé pour ses jeunes femmes qui faisaient danser des lycéens avant de les élever vers d'autres cieux. « C'était très convivial, bon enfant, absolument pas professionnel, m'as-tu raconté. Lorsqu'on revenait, on était accueillis comme des amis proches. J'aimais bien cette ambiance. Mohammed était comme un poisson dans l'eau. »

Je ne saurais confondre Moulay Abdallah avec le mausolée de Moulay Idriss, niché entre la place Nejjarine et le souk Attarine. Le lieu est fermé à mon regard de non-musulman. Je peux seulement admirer le plafond de cèdre sculpté derrière la porte principale. Par l'accès des femmes, j'aperçois la cour de la mosquée, et la salle qui abrite le tombeau du fondateur de Fès. Ce sera tout.

Tu as perdu de vue les deux Lahlou depuis longtemps. Driss est devenu un avocat célèbre de Casablanca, Mohammed un homme d'affaires prospère qui demande souvent de tes nouvelles à ton ami Latif Daoudi, l'ORL de Rabat. Ce dernier fréquentait peu Moulay Abdallah, de peur d'y rencontrer son oncle qui vivait dans les parages. Quant à Denise, la petite amie de tes dix-huit ans, une beauté châtain clair, elle épousa un Anglais et devint speakerine à la BBC, avant de convoler aux États-Unis. Il y a une dizaine d'années, elle t'a appelé un soir pour te demander si ton cousin Charles Maman t'avait bien remis la lettre qu'elle lui avait confiée un demi-siècle plus tôt... Ironie des temps qui se chevauchent sans jamais s'annuler.

Je poursuis ma déambulation dans ces endroits que tu as traversés avec excitation et bonheur. Je sais que la rumeur de la médina bruisse encore à tes oreilles comme la mer au fond d'un coquillage. J'ai à l'esprit les paroles du docteur Guigui sur la maison de Maimonide, en pleine médina. Au centre communautaire, une photographie montre la façade reconnaissable à son horloge à huile et à ses douze soucoupes, une invention du savant. Je cherche les traces juives dans ce quartier arabe. Pas de cicatrices apparentes sur les portes, qui trahiraient comme au mellah la présence oubliée des *mezouzot*. Ici, des rues et des ruelles ont abrité jadis tes coreligionnaires. Il existait dans la vieille ville arabe un fondouk Yehudi, une hôtellerie-écurie qui accueillait les voyageurs juifs et leurs montures. Certains lieux sont encore connus pour leur ancienne identité juive. Un jour qu'il marchait dans la médina, un de tes oncles Elalouf se fit aborder par un inconnu. « Tu es juif ? » lui demanda-t-il. Comme il acquiesçait, l'homme l'entraîna sans un mot à travers le labyrinthe des souks. Puis ils pénétrèrent dans une maison par une porte dérobée. Ton oncle se retrouva à l'intérieur d'une synagogue dont il ne soupçonnait pas l'existence. C'était l'heure de la prière de l'après-midi dédiée à Isaac. Quand elle fut terminée, l'homme le reconduisit dehors avec ces recommandations : « Ne reviens jamais prier ici, et oublie cette synagogue. »

À l'instant de remonter vers la ville moderne où m'attend Dédé Tobaly, je pense à ce nom de rue qui exerçait sur moi un étrange attrait, semblable à celui d'un aimant. Nous vivions à Bordeaux. Ma grand-mère m'emmenait souvent faire des courses du côté du palais Gallien. Nous traversions la rue Judaïque. J'ignorais le sens de ce mot. C'était une longue artère qui se terminait par la barrière Judaïque. J'ai appris depuis qu'il avait existé jadis, dans la ville romaine, un mont Judaïque – disons un monticule d'à peine dix-huit mètres de hauteur, rien à voir avec les collines de Fès – ; et aussi qu'un cimetière dépendant de l'église Saint-Martin avait abrité les Juifs. Si je pouvais, je réveillerais ma grand-mère d'entre les morts, et je lui raconterais cette histoire de Juifs bordelais. Cela ne rembobinerait pas nos vies, mais donnerait peut-être à son âme la paix qui lui aura manqué. Pour tenir pareil langage, il faudrait être Dieu.

Le voici d'ailleurs qui se manifeste soudain dans la nuit fassie. Instant de recueillement. Des gestes se figent, des conversations s'arrêtent. La médina prie. Impression de rivière qui charrie dans son lit des notes de musique, des plaintes, des voix chantées, des aboiements.

9

André Tobaly vit dans un immeuble sans charme de la ville autrefois moderne, à présent décatie avec ses façades sales et trottoirs irréguliers bordant une chaussée défoncée. Les petits commerces et les marchands de kebabs s'entassent dans cette rue Abbas el Saadi, toujours encombrée de véhicules. Dédé ouvre la porte, un large sourire en guise de bienvenue. Je sens son trouble. Il pense que c'est toi qui viens lui rendre visite. Que le temps est soudain aboli ou mieux, que le temps a rebroussé chemin pour courir au-devant de votre jeunesse. « Le temps ne va que dans un sens », semble-t-il regretter, mais en posant son regard dans ma direction, il n'en est plus très sûr. Et si j'ai l'air d'un vieil adolescent, n'est-ce pas qu'il vient lui aussi de rajeunir d'un coup ?

Il disparaît sous sa djellaba blanche. Dans l'embrasure se tient Amina, une femme dévouée qui lui prépare ses repas et veille sur lui dedans, comme Moha veille sur lui dehors. Tout te différencie de ton ami Dédé. Il est impétueux et tempétueux comme tu es calme et réservé, au moins en apparence. Il hausse la voix quand la tienne reste égale, il bouillonne quand tu sembles de marbre. Je sais qu'au fond ses passions sont les tiennes, tes emportements silencieux sont aussi puissants que les siens quand ils s'expriment. Vos natures vous distinguent, vos émotions vous font frères.

Vous étiez ensemble en classe primaire. Très tôt, à dix-neuf ans, il a quitté le Maroc pour la France. Issu d'une famille aisée de Fès qui réussit dans l'épicerie, cet « agro » diplômé de Grignon a aussi étudié à l'université de Cornell, aux États-Unis, dans la ville d'Ithaca dont le nom rappelle une odyssée homérique. Après une parenthèse de cinquante ans, il a retrouvé son Ithaque à Fès où il s'est remis à vivre comme s'il n'était jamais parti. Pendant un demi-siècle de son existence, André Tobaly a oublié le Juif qui avait échappé de peu à une expédition antisémite dans la sucrerie de Sidi Slimane dont il assurait la mise en route. Des sanctions avaient été prises contre les agresseurs. Lui avait préféré partir. La France exerçait à plein son attrait. Comme sur toi.

Il se souvient que son père Saül Tobaly avait même voulu s'inventer une origine algérienne pour bénéficier du fameux décret Crémieux qui l'aurait *ipso facto* naturalisé français. Il avait trafiqué son état civil, s'était trouvé des racines à Tlemcen, avait payé un avocat, approché un préfet. Il allait parvenir à ses fins quand le Maroc devint indépendant, en 1956. Moha sourit. « On ne pouvait pas toucher aux Juifs, jure-t-il en levant la main. Les Juifs, c'étaient les deuxièmes Français. »

Vous, vous vouliez être comme les premiers. De votre enfance à Fès, Dédé extirpe des sensations fortes. « On était Portnoy », lance-t-il un rien provocateur, avec cette allusion au héros obsédé sexuel de Philip Roth. « Il nous fallait des Françaises. Nous avions une fascination pour les Chrétiens. Ils étaient les détenteurs du modernisme. »

Son récit haut en couleur est celui d'une folle envie de se fondre dans la chair et la culture du colonisateur, d'en acquérir les gestes jusqu'aux manies, la langue jusqu'à la perfection. La génération de son père comme du tien éprouva cette fascination pour l'Occupant. Bien sûr, les relations entre le Maroc et la France étaient anciennes. Le grand sultan Moulay Ismaël n'avait-il pas nourri le rêve d'épouser la belle princesse de Conti, fille du Roi-Soleil, à la fin du XVIIe siècle ? Plus tard, en 1860, bien avant le protectorat, l'installation de l'Alliance israélite à Tétouan, dans la zone espagnole, avait en partie francisé les Juifs du Maroc. Les écoles de l'Alliance étaient devenues le bras droit de la culture française dans les pays arabes, comme me le dira aussi ton cousin Edmond Elalouf. L'enseignement dispensé diffusait une certaine forme de laïcité. Il s'agissait déjà d'occidentaliser les Juifs des pays arabes et des Balkans. Voilà pourquoi Saül Tobaly et Mardochée Maman tiraient fierté d'écrire parfaitement le français. Ils n'allèrent pas jusqu'à épouser la France à travers ses femmes. C'est votre génération qui brisa cet interdit.

Il faut dire que vous étiez précoces. Non contents de vous acharner à paraître plus français que français, vous étiez prêts à gommer votre judéité pour vous mêler à la jeunesse chrétienne. Dédé part dans une longue tirade qui, comme toujours, remonte au déluge ou presque. Ton ami est un adepte des grandes fresques avec raccourcis et digressions, traits forcés et aveux déconcertants. Son récit est un fleuve qui charrie un peu, mais dont le cours est toujours guidé par la sincérité. On passe de Maimonide aux instituteurs turcs de l'Alliance qui vous tapaient sur les doigts (mais qu'il se prend à regretter), de la paternité juive du monothéisme (« Dieu n'a pas bégayé deux fois avec la religion catholique et l'islam, le petit dernier, qui a rajouté la virgule ») à son éloignement, comme toi, de la religion : « la faute à Voltaire et de la culture de l'Occident » qu'il dit avoir « biberonnés ».

Dédé a du coffre. À l'époque, c'est-à-dire dans votre jeunesse, il était le seul à pouvoir traverser la piscine de cinquante mètres entièrement sous l'eau, « et il me restait un peu de souffle », précise-t-il avec malice. Il fut champion de water-polo et te mortifia en te battant en force dans une compétition de natation. « Maurice ne s'en est pas encore remis », lance-t-il dans un grand éclat de rire. Mais la plupart du temps tu le dominais car il ne nageait pas très droit et accrochait les lignes d'eau. Maintenant il prend sa respiration comme on prend son élan et le voilà lancé dans son grand bond en arrière. « On apprenait dans le Mallet-Isaac que nos ancêtres étaient gaulois. Alors on s'acharnait à le devenir. Chaque communauté avait ses jours réservés pour la piscine. Le vendredi pour les Musulmans. Le samedi pour les Juifs. Le dimanche pour les Chrétiens. Nous, on ne voulait y aller que le dimanche, bien sûr. Il n'était pas question de montrer sa queue coupée ! Mais il fallait coûte que coûte s'assimiler. En 1944, j'avais huit ans, c'était sous Pétain, on louait des vélos au mellah et on partait en bande à Aïn-Chkef. C'était un petit lac tout bleu et non cimenté, à dix kilomètres de Fès. Le dimanche, c'était notre fruit défendu. En route on se donnait des prénoms chrétiens. On arrivait transpirants. Il n'y avait pas d'Albert qui sentait trop son Abraham. Un copain qui avait appelé par son prénom un certain Albert s'était fait rabrouer : "Putain de ta mère, je ne suis pas Albert, je m'appelle Claude !" »

André Tobaly garde le sourire aux lèvres en évoquant ce dimanche où, pour faire comme ce tout-le-monde-là, il avait mordu dans un sandwich au jambon et attendu que Dieu le foudroie. C'était décidé : il voulait vivre au milieu de « l'Occupant », le singer, mimer ses gestes, le pénétrer, trouver le porc excellent. « Je me suis dit, qu'est-ce qu'il fait, Dieu. Il tarde. Il est en congé ? » Le colosse n'a pas oublié cet instant où il crut qu'il allait mourir, mais la mort ne vint pas. Il avait beau descendre du grand rabbin Serero de Fès, il se voulait résolument français. Et quand, jeune étudiant en agro, il prit la nationalité du colonisateur, rien ne fut plus facile : « C'était la baronne de Rothschild qui s'occupait de la naturalisation, avec le Fonds juif », dit-il. Ce fut simple comme bonjour.

Quand je lui demande si c'était facile aussi de ne plus être marocain, la réponse est la même que la tienne : « La nationalité marocaine est indélébile. Elle ne se perd jamais. Tu es né sujet du roi, tu le restes toute ta vie. » Ensemble vous gardez cette double appartenance, marocaine et française.

À l'Indépendance, vous vous êtes sentis marocains avant d'être juifs. Puis français plutôt que marocains. Avant que la vieillesse ne vous ramène en enfance. Les écoles de l'Alliance israélite avaient depuis opéré en vous le partage des eaux : pas de judaïsme forcené. Juif chez soi, français dehors. Synagogue le matin du Shabbat, cinéma l'après-midi. Je comprends que votre judéité n'était pas en odeur de sainteté.

Dans sa vision de l'histoire marocaine, Dédé considère que le pays fut d'abord celui des Berbères et des Juifs. Les Arabes sont venus plus tard. « Les Berbères se sont fait du caractère dans les montagnes en mangeant des pierres. Les Arabes ont engraissé dans les plaines… » Et les Juifs ? « Ils se sont fondus dans la masse grâce à leur capacité mimétique. Depuis la destruction du Temple, longtemps avant Jésus-Christ [en – 587, par le célèbre Nabuchodonosor], les Juifs ont vécu dispersés, ils sont devenus diasporiques. Partout ils se sont assimilés. Souviens-toi de ce que pensaient les Juifs allemands, me dit-il comme si je pouvais m'en souvenir ! Pour eux, Hitler ne pouvait pas les toucher puisqu'ils se croyaient plus allemands que les Allemands. »

Il fouille sur une étagère à la recherche d'un livre. « Je te l'offre », me dit-il en me tendant un petit opuscule à couverture cartonnée dont les années ont effacé le titre. Sur la page de garde je lis :

Histoire des Israélites,
depuis le retour de la captivité de Babylone
jusqu'à nos jours

L'ouvrage, signé par M. Fresco, a été édité à « Paris et Stamboul ». Il s'adresse « aux élèves des écoles israélites ». Il s'ouvre sur la page consacrée à Maimonide « ou Moïse ben-Maimon ». Je tombe sur cette phrase : « Quand il mourut, Juifs et Musulmans observèrent un deuil public. Maimonide est considéré par les Israélites comme un second Moïse. »

Il n'est pas si tard. André propose d'aller faire un tour dans le passé. Il disparaît un instant et revient en veste et pantalon, un béret sur la tête. Soudain le vieux judéo-berbère, mâtiné d'hispano, devient un bon paysan landais. Il se met à ressembler à mon grand-père Marcel Fottorino qui, après la Tunisie, vécut un demi-siècle à Dax où il rendit la justice au nom de la France, attaché au tribunal de grande instance.

En quelques minutes nous voilà dans l'ancienne rue d'Indochine où tu vécus enfant avec tes parents et tes cinq frères et sœurs. Tu es né non loin de là, dans l'immeuble du Pacha, près de la banque du Maroc, déjà en ville nouvelle. Ensuite, pendant deux ou trois ans, vous vous êtes installés dans un appartement de la rue Bourdonneau, dans un bâtiment qui appartenait à Yehouda, ton grand-père maternel. Une chambre donnait directement sur la synagogue dite Elalouf qu'il avait fait lui-même construire. Tu ouvrais une petite fenêtre et tu te trouvais plongé au cœur des prières, observant la manipulation du grand rouleau, le Séfer Torah. C'est de ce promontoire que les femmes de la famille assistaient au rituel religieux. La synagogue Elalouf n'existe plus à présent. Son histoire relevait pourtant d'une volonté singulière de Yehouda. Jeune père de famille, il priait au mellah, tenant près de lui son petit garçon de cinq ans, futur père de ton cousin Edmond. Un homme s'était approché de Yehouda et avait écarté l'enfant, prétextant qu'il était installé à sa place. La légende veut qu'à cet instant, ton grand-père se jura de construire un jour une synagogue où personne ne disputerait leur place à ses enfants.

À la « syna Elalouf », les fidèles n'étaient pas toujours charitables. Ils cherchaient souvent un petit Rab du Tafilalet pour le monter au Sefer et lui faire dire quelques naïvetés, dans le droit fil du *Dîner de cons*. Il fallait bien deux ou trois générations pour faire oublier à Fès qu'on était un *filali*, un « péquenot » venu du Tafilalet.

J'observe le balcon du premier étage où vous viviez dans deux pièces, tes parents et tes cinq frères et sœurs, dont deux en bas âge. Dans le même immeuble habitaient les parents de Gaby Malka dont le père Meyer fut un militant emblématique de l'indépendance du Maroc. Tu te souviens l'avoir vu plusieurs fois emmené par la police, au temps du protectorat. Il fut même arrêté le jour de la circoncision de Gaby. On lui reprochait son influence sur la population musulmane. Plus tard, il insista pour que son fils apprenne la langue arabe en plus de l'hébreu. Il voulut aussi faire de lui un médecin pour être utile à son pays. Gaby, lui, rêvait d'être pilote de ligne. Avec la naissance de la Royal Air Maroc, les jeunes Marocains bénéficiaient de formations réservées à Toulouse. « Tu veux être chauffeur de taxi ? » lui demanda son père. Il est devenu un éminent stomatologue et a créé depuis quelques années un enseignement pointu de médecine à Fès. Quand il se rend à la synagogue, il a l'impression de faire sa bar-mitsva, tant il se sent jeune parmi les vieux. Autrefois, quand il n'était pas encore né, ses parents, alors sans enfant et désespérant d'en avoir un, te considéraient comme le fils de la maison. Pour Pourim, tu étais invité chez eux. La baignoire était remplie de gâteaux aux nougats. Tu passais la nuit à la vider.

C'est dans ce même immeuble dit « Charbit et Hazan » que, des années plus tard, Gaby pleura le décès prématuré de sa mère. C'était en 1967, après la guerre des Six-Jours. Les tensions s'étaient avivées entre Juifs et Musulmans. Ces derniers n'accordaient plus de passeports aux présumés soutiens d'Israël. Malgré son chagrin, Gaby ne put s'empêcher de rire quand un ami venu prier se désola en ces termes, à propos de sa défunte mère : « Et dire qu'elle est partie sans passeport. »

Ces souvenirs se bousculent en moi comme s'ils m'appartenaient. Je scrute la façade de l'immeuble. Il me semble que les murs parlent tout à coup, de vos voix emmêlées dans l'écheveau du temps. Combien de fois, au milieu de la cour, avez-vous construit les fragiles cabanes de Soukkot rappelant la vie précaire au désert, après la sortie d'Égypte du peuple juif ? Une année, vous avez accueilli un lointain cousin élevé chez les bons pères. Il avait fait un passage tonitruant à Fès, où il se signala comme l'auteur d'une biographie de Jésus qui fleurit à la vitrine des grandes librairies. Le balcon était devenu sa chambre. Préparant ici ton premier bac dans la bruyante promiscuité familiale, tu étudiais sur une petite table carrée en bois. Tu la transportais de la chambre commune au couloir, du couloir à la cuisine, de la cuisine aux toilettes. À cette époque, obtenir le premier bac dès la session de juin était difficile. Le tiers au maximum des élèves réussissait, et parmi eux pas mal de redoublants. Une fois l'écrit en poche, il fallait se rendre à Rabat pour l'oral. Beaucoup échouaient là. Tu avais téléphoné à tes parents croyant les rassurer. Ils fêtaient déjà ton succès, persuadés que l'oral n'était qu'une formalité. Pour ton deuxième bac, ce fut plus facile. Tes voisins les Hazan t'avaient proposé dès Pâques de venir étudier dans la chambre de leur fils aîné Raymond parti à Grenoble dans une école d'ingénieurs. Un jeune homme brillant et féru de basket, qui disparut plus tard dans un accident d'avion.

Dédé habitait non loin de là, dans le bel immeuble Sebti, des Juifs autrefois convertis qui avaient fait fortune dans les tissus. Longtemps ces anciens Juifs ont tu leurs origines. Désormais ils ne les cachent plus et même s'en flattent. J'ai dans ma poche la copie d'une lettre que tu as adressée à Hélène, la sœur de Dédé. Je la sors car il me semble avoir lu ou entendu ce nom de Sebti. Je ne me suis pas trompé.

Voilà ce que tu as écrit :

Yom Kippour, jour de recueillement.

J'évoque des souvenirs anciens, des souvenirs de nos jeunes années. Mon père Mardochée, ma mère Fréha, ma sœur Ninette, et puis mes voisins Charbit et Hazan, mon premier amour Liliane et un peu plus loin, ce vieux Noir assis à l'entrée de chez toi, surveillant une

Mercedes verte. Un cadre avec la photo de ton frère Gaby en tenue de louveteau, les joues roses, le foulard, et puis des souvenirs vivaces : les belles filles Sebti, Badia, Rabia, Ftouma et la belle Chama Filali. J'évoque des périodes antédiluviennes, antérieures à 1955. J'ai alors quitté Fès sans regret. J'avais la chance d'être un garçon dans ce milieu où une fille devait rester sur place, trouver un mari, sans aucune possibilité d'aller étudier sous d'autres cieux. Moi je rêvais de la France.

J'ai expliqué à mes enfants la multiplicité même de notre population. Juifs du mellah, Juifs de la ville Marocains, Juifs de la ville Algériens, le tout saupoudré d'un peu d'« apartheid ». Aujourd'hui je surprendrais ma mère : je jeûne. Elle savait que je m'en dispensais. Je le fais non par croyance mais pour mieux me recueillir sur mon passé.

Nous marchons. Les voitures ont mis leurs feux et arrivent lancées sur une large artère. La route de Taza, indique Dédé. « Casa ? – Non, Taza », corrige-t-il. D'un grand geste il désigne la place devant nous. « Ici pendant la guerre, les Américains passaient en camion et jetaient des bonbons de couleur ronds et troués au milieu, entassés dans des tubes. Ils lançaient aussi des chewing-gums. » Il marque un silence. « Ils ont écrasé un enfant qui s'était précipité, juste là. Un gros GMC. » À l'entendre, on croirait que les faits remontent à hier. C'était il y a soixante-dix ans. Taza : c'est dans cette région que Yahia avait acheté sa ferme.

Nous remontons au cœur de la ville moderne pour atteindre la place de Florence, l'ancienne place Lyautey, où vous êtes encore devenus voisins. La situation matérielle de Mardochée s'était améliorée. Il vous avait installés dans l'immeuble moderne de l'Urbaine, le plus haut de Fès. Tu le connaissais un peu. Un jour avec ton cousin Robert Assaraf, vous aviez bondi dans l'ascenseur pour gagner la terrasse. De là-haut, dominant la ville, tu avais jeté ton châle de prière, tournant le dos à des années d'éducation juive. Tu avais quinze ans. C'est plus tard que tes parents et tes jeunes frères et sœurs se sont installés dans un bel appartement de l'Urbaine, doté d'une grande terrasse, tu étudiais déjà la médecine en France. Dédé vous revoit enfants ici. Il se mélange un peu dans le temps. Pour lui à Fès, vous avez toujours eu quinze ans.

Lui habitait l'immeuble Dumas, à la perpendiculaire de l'Urbaine. Quand son père n'était pas dans ses bureaux de la place du Commerce, « le bout du monde pour nous », se souvient-il, il jouait au poker aux Ambassadeurs, un café chic où nous entrons pour un rapide coup d'œil. L'endroit était cosy, baigné dans une ambiance de club anglais. Les cuivres brillaient, les fauteuils étaient profonds, les boissons fraîches. Saül Tobaly conduisait une Chevrolet violacée, le haut crème, le bas aubergine.

Il entretenait avec son épouse des relations parfois tendues qui les amenait à communiquer seulement par petits mots. Un soir, le père avait demandé par écrit à sa femme qu'elle le réveille à six heures et demie le lendemain matin. Quand il ouvrit les yeux, il était neuf heures passées. De son côté du lit, sur la table de nuit, la mère de Dédé avait laissé ce mot : « Il est six heures et demie. »

Ton ami enchaîne les histoires au fil de nos pas. Nous passons devant l'immeuble d'angle du Courrier du Maroc, là où une grande ardoise indiquait le soir : « Premier Coppi, deuxième Bartali », après l'étape du Tour de France. C'est ici qu'après des soirées passées à refaire le monde, vous vous retrouviez vers minuit pour découvrir le journal du lendemain. Plus loin, nous voici rue Cuny, où Mardochée tenait son commerce de bois et charbon. Impossible de trouver l'emplacement précis. « Par là », fait Dédé, désignant une large porte en tôle ondulée. Il se souvient de ton père comme d'un petit homme « maigrichon, très stylé avec son canotier, un peu coquet, toujours une bonne histoire à la bouche ». Comme les hommes de son temps, il passait chez le coiffeur en fin de semaine, qui l'aspergeait d'une lotion forte en parfum. S'il ne fumait pas, il prisait du tabac. Comme le fait Dédé à l'instant, enfonçant profond dans sa bouche une petite boule sombre. On dirait qu'il va se décrocher la mâchoire. Après l'époque du fondouk, ton père trouva un emploi à la Sococharbon. Il aurait pu devenir consul d'Angleterre mais refusa l'offre. Il fallait travailler le samedi. Si Mardochée n'était pas un religieux enragé, il n'aurait pas enfreint les règles du Shabbat.

Sa prise bien calée, Dédé parle d'un immeuble Botbol où vivait le vice-consul du Portugal. C'est ce détail qui me rappelle l'occasion manquée de ton père. J'apprends au passage qu'autrefois, un de ses aïeux contrarié de voir tous ces Abitbol à Fès décida de changer l'ordre des lettres de son nom : ainsi naquit la lignée des Tobaly... Chemin faisant, parlant de toi, ton ami rigole. « Maurice prétendait que son oncle Charles, le frère de Fréha, était allé en Amérique à la nage depuis Casa. » Je fais répéter : « Depuis Taza ? – Non, Casa ! »

Nous passons devant un cinéma fantôme, Le Bijou, et m'apparaît le titre du roman de Modiano, *La Petite Bijou*. Souvent il m'arrive de mettre les mots cul par-dessus tête, de lire « bijou » et de penser « bougie ». Ce lieu qui brilla de mille feux semble ne plus être éclairé que par de souffreteux petits lumignons. Le Bijou a perdu sa flamme. Sur l'avenue Hassan-II, l'ancienne avenue de France, l'Empire a gardé son éclat. C'était la plus grande salle d'Afrique du Nord, m'as-tu dit. Elle pouvait accueillir un millier de spectateurs. Tu y as écouté Gilbert Bécaud et Mouloudji avec la sensation d'entendre la voix de la France. Comme le sport, le cinéma te procurait les plus grands émois. Il s'était organisé un marché parallèle de cartes d'entracte. Tu en possédais un stock pour tous les cinémas de la ville moderne. Tu te glissais dans la salle après les actualités, le cœur battant. Parfois ton « entracte » correspondait aux balcons et personne ne sortait. Si le cinéma était complet, tu ne trouvais pas de place assise. L'attente réservait des surprises. Un jour que tu patientais devant la boutique d'un miroitier proche du cinéma, tu découvris par le jeu des glaces que le vieux bonhomme culbutait sa petite employée. La foule sortant du cinéma pour l'entracte trouva ce spectacle très plaisant et ne fut guère pressée de regagner la salle.

Je t'imagine rêvant devant les affiches de films et les photos Harcourt exposées au Bijou. Tu t'étais lié avec le projectionniste qui te donnait ses trésors, surtout des vedettes françaises : Claudette Colbert, Edwige Feuillère, Maria Casarès, Michèle Morgan. Tu collectionnais aussi les photos noir et blanc de Georges Marchal, Jean Marais, Maurice Chevalier, Louis Jourdan, Charles Boyer... Généreusement, l'employé du Bijou t'offrait aussi des chutes de pellicules. Tu réalisais ensuite un montage avec une boîte à chaussures, une loupe et une pile, fasciné de découvrir, même une poignée de secondes, les acteurs en mouvement.

Tu étais mordu de polars américains, avec une fascination pour Errol Flynn, super-boxeur dans *Gentleman Jim*, pour George Raft dans *Scarface*, pour James Cagney... Tu aimais aussi nombre de seconds rôles comme Jean Tissier avec sa voix traînante, Raymond Bussières, Pierre Larquey, ou encore l'inquiétant Peter Lorr dont me parle aussi Dédé à propos d'un film qui « faisait peur », *Mr. Moto*. Tu as gardé une tendresse pour les films de Pagnol, pour les morceaux de bravoure de Raimu dans la partie de cartes ou la scène de la Pomponnette dans *La Femme du boulanger*, pour Michel Simon et Louis Jouvet dans *Drôle de drame*, « Bizarre, bizarre », pour Arletty et sa gueule d'atmosphère.

L'année du bac, tu sortais peu. Dédé et quelques copains avaient loué un local minuscule pour organiser des surprises-parties le week-end. Un certain Elbaz avait suggéré de déposer des statuts. Un autre, Assouline, avait eu ce cri du cœur : « On n'a pas la place pour des statues, c'est trop petit ! »

Nous revenons vers chez Dédé en passant par l'ancienne place de l'Industrie où survit le café La

Renaissance. Je crois que le boulevard du Quatrième-Tirailleur se situait par là. Tout près existait aussi le garage de votre ami Bensimon (j'ignore lequel). Il était champion dans la réparation des soupapes. Il remettait le contact, posait une pièce de monnaie sur le capot, et la pièce restait immobile. « Rien ne vibrait. On ne savait pas si le moteur était allumé ou pas », me souffle ton vieil ami, encore émerveillé par la dextérité du mécano. Dans l'ancienne rue de la Martinière, à deux pas d'ici, tu étais présent le jour où Marcel Cerdan rendit visite à pied à un certain M. Ricco, au lendemain de sa victoire contre Tony Zale. Tu t'étais mêlé à la foule qui avait accompagné le boxeur de Casa jusqu'au domicile de son ami. En quelle année ?

C'est Pierre Grouix qui m'en suggère la réponse dans son petit ouvrage sur « Fèz », comme il l'écrit, avec ce sous-titre entre parenthèses : *(Des hommes passent dans la ville)*. L'édition originale, tirée à trois cents exemplaires, a été imprimée dans une localité au nom irréel, Cordes-sur-Ciel. Je vois Fès suspendue, aérienne, se balançant dans l'éther d'un passé improbable. J'ai relevé ce passage qui propose une sorte d'histoire intime de l'ancienne cité impériale et de ses quartiers modernes. Après avoir mentionné le cyclone du 29 novembre 1925 (tu pourrais ajouter la neige de 1930), Pierre Grouix écrit : « Le

16 avril 1948, Marcel Cerdan, qui en août 1933 avait livré un de ses premiers combats en huit reprises à Fèz, descend au Grand Hôtel. » Aura-t-il croisé Jacques Mamane et sa bonne fortune de joueur de cartes ? Grouix poursuit : « Sans oublier le dimanche 25 septembre 1955, l'horloge lumineuse du carrefour indiquant 19 h 24 quand un attentat survient à la terrasse de La Renaissance, où environ deux cents personnes prenaient le frais. » Et d'évoquer encore la chute d'un avion devant le Grand Hôtel, comme un signe prémonitoire pour Cerdan. Et la première de *Graine de violence*, le film de Richard Brooks qui, dit-il, fut « décisif » pour toute la jeunesse fassie, avec l'évocation des relations épineuses entre élèves et professeurs. Et aussi pour la première incursion du rock'n'roll au cinéma, avec le tube de Bill Haley et de ses Comets, *Rock Around the Clock*.

Jonglant avec ces dates, je me dis qu'à l'instant où j'arpente les rues de Fès, je me situe précisément sur l'échelle du temps. Novembre 2012, un siècle après le Tritl.

À l'évidence, la ville nouvelle n'est plus ce qu'elle était. Les lignes géométriques et pures se sont brisées. Elles ont même disparu dans ton quartier de l'avenue de France, dissoutes par la saleté, la circulation, la succession anarchique des néons blêmes ou criards, les nids-de-poule dans la chaussée, les étals sur les trottoirs.

Cela n'a pas empêché André Tobaly de revenir à Fès et de s'y sentir bien. « J'y ai trouvé mon pain et mon couteau », dit-il. *Fâs* signifie « pioche » en arabe, et en latin, sans chapeau sur le *a*, « destin ». Au seuil de son appartement, j'aperçois au-dessus de la porte un objet que je n'avais pas vu lors de mes autres visites. Une petite *mezouza* comme il n'y en a plus dans les maisons du mellah. Un signe d'appartenance. Une survivance. En as-tu installé une, en Haute-Garonne ? Je ne m'en souviens pas.

Ce que tu conserves, ça j'en suis sûr, c'est la trace de ce bonheur immense que fut ta jeunesse fassie. « Le Maroc est un pays froid où le soleil est chaud », disait Lyautey. Cette chaleur, tu la trouvais dans la rue devenue ton royaume. Un ballon confectionné avec de vieilles chaussettes faisait naître des parties de foot endiablées. Tu aimais rire et faire rire. Tu gardes le souvenir de Louis Armstrong venu jouer à l'Empire et que tu découvris un matin attablé au bistrot du coin. Tu revois ton copain Albert jouant parfaitement « petite fleur » en soufflant dans ses paumes serrées. Tu n'as pas oublié les filles, blondes et brunes, qui vous faisaient tourner la tête. Fès que tu aimais a disparu mais ta joie demeure au souvenir de ce bel hier que seul vint ternir la disparition de Ninette.

10

Je me livre à une reconstitution de ta jeunesse, à une restitution aussi. J'en saurai bientôt davantage que ta femme et tes enfants. Je me glisse dans les interstices de ta mémoire, j'y débusque des souvenirs que tu croyais disparus et qui te reviennent soudain. Je t'ai demandé quelques précisions sur les instituteurs de l'Alliance israélite qui venaient de Turquie ou des Balkans pour dispenser un enseignement résolument laïc. Aussitôt tu m'envoies la liste de ces figures marquantes, assortie de commentaires précis.

En sixième, ton cœur bat très fort pour une gentille institutrice, Mlle Messulam, fille de Mme Taragano, laquelle avait fait la classe à ta mère. « Elle était très jolie. Il y a une vingtaine d'années, lors d'une bar-mitsva, on m'a fait la surprise de l'asseoir à ma table. » En cinquième, tu as Mme Gomel, dont le fils, devenu professeur de chimie à la faculté de Poitiers, est ton ami. En quatrième, Mme Valensi est très sévère. Sa spécialité est la gifle à deux mains (j'essaie de me représenter le geste, les joues qui chauffent de chaque côté). En troisième, Mme Benozillo vous distribue des coups sur les jambes avec une règle en fer. Le tarif est simple : un coup par nombre de fautes à la dictée.

Tous ces enseignants étaient d'origine turque, comme la sage-femme Mlle Aladjem qui mit au monde ta fratrie au complet, ainsi que la grande majorité des enfants juifs nés à Fès à cette époque. « Quand on la rencontrait en ville, nous lui embrassions la main ! » m'as-tu écrit. C'est elle qui eut la tâche difficile d'accompagner la mise au monde de ton frère Claude, plus de quatre kilos sur la balance.

Je comprends que votre communauté est traversée par une hiérarchie non dite mais intraitable. Les classes tenues pour inférieures sont ostensiblement méprisées. Au sommet de cette hiérarchie se tient l'intelligentsia turque. Viennent ensuite les prétentieux Juifs d'Algérie, ils tirent leur supériorité du décret Crémieux qui les a « inventés » français. Les Juifs de la ville, plus aisés, en imposent à ceux du mellah. Les synagogues reproduisent cette discrimination. Et aussi les quartiers de la ville nouvelle. Les Juifs algériens vivent dans des villas ou dans des immeubles européens. Les Juifs marocains qui ont quitté le mellah habitent des immeubles de rapport dont les propriétaires sont des Juifs. Ainsi se met en place cet apartheid qui ne dit pas son nom. Tu te souviens de ce douanier français, M. Lam, qui s'était installé dans votre résidence à peine arrivé de la métropole. Les voisins curieux l'avaient tous invité chez eux. Devant ces usages en vigueur, il avait rapidement déménagé, vous laissant « entre Juifs ».

Devant l'Urbaine, j'ai cherché en vain de quelle terrasse tu avais jeté ton châle de prière, l'année de tes quinze ans. Ce geste t'était venu comme ça. Ton cousin Robert Assaraf t'avait bien fait comprendre que la religion et ses simagrées n'étaient pas pour toi. Mais tu n'avais rien décidé avant de te précipiter dans l'ascenseur. Je me demande où a pu atterrir ce tallith. Quelqu'un l'a-t-il ramassé sans en connaître l'usage, quelqu'un dans mon genre, peu versé dans les affaires célestes ? Ce jour-là, tu es passé du doute au rejet.

Je m'efforce de rebâtir ton parcours spirituel. Jusqu'à douze ans, tu as vécu exclusivement dans un milieu juif. Tes copains sont tous juifs. En primaire à l'Alliance israélite, tu fréquentes la synagogue tous les matins, avant la classe, pour la prière. Le vendredi après-midi, l'institutrice consacre ses cours à l'étude de l'histoire sainte. Le jeudi et le dimanche, jours sans école, un vieux monsieur te dispense à domicile des cours d'hébreu. Le vendredi soir et le samedi matin, tu récites les prières à la synagogue, qui s'ajoutent aux prières de fin de repas.

À douze ans, parvenu à la fin de ce premier cycle riche de six classes, tu es déjà trop âgé pour te présenter à l'examen d'entrée au lycée. La plupart de tes camarades passent le certificat d'études. Ceux qui veulent poursuivre se rendent au cours complémentaire de l'Alliance israélite. Un déclic se produit en toi. Tu demandes et obtiens une dispense pour le lycée. Demande accordée après contrôle de tes connaissances.

Alors tu romps avec cet étouffement. Tu vas en classe le samedi, découvres un autre monde, d'autres milieux. Des Français chrétiens, des Musulmans. Tu les trouves sympathiques. Tu joues au foot avec eux, tu te lances dans l'athlétisme, saut en hauteur et cross sur le stade scolaire, le matin. Et l'après-midi, vous vous retrouvez au cinéma. Une vie différente commence, moins étriquée. À l'image de ta grande sœur Ninette miraculée de la typhoïde, tu t'émancipes. L'enfant rêveur accroche ses rêves à de nouveaux univers. Tu éprouves un sentiment d'immense liberté. Tu respires enfin.

Tout s'enchaîne. Tu cesses les cours particuliers d'hébreu, prétextant trop de devoirs. Tu découvres la lecture à la bibliothèque municipale ouverte aux lycéens. Tu deviens sérieusement « accro ». Tu es les héros de tes livres. Te voilà successivement Edmond Dantès, Julien Sorel. Le sport, la lecture et le cinéma américain meublent ton temps. Exit les prières.

Elles vont revenir de plein fouet avec le décès brutal de ta grande sœur. Tu es épouvanté. Submergés par leur souffrance, tes parents s'abandonnent à des usages d'un autre temps. Des pleureuses débarquent tous les soirs dans votre minuscule deux-pièces. Commencent des scènes insolites qui te choquent : lamentations, griffures du visage, évocations de Ninette en termes étranges. Tu voudrais être loin mais impossible de t'échapper. Tu te souviens d'une certaine Cété, une pleureuse que tu croiseras plus tard en ville, semblant s'amuser de la comédie qu'elle joue chez toi. Tu détestes ce faux chagrin, ces faux-semblants.

Peu après tes cousins de Rabat vous ont rendu visite. Ils t'ont invité pour l'été suivant. Tu es parti en train. Pour la première fois tu as vu l'océan.

L'odeur de l'air t'a procuré un bonheur intense, inoubliable. Aujourd'hui encore, évoquant cette odeur, tu la ressens. Commence la *dolce vita*. Tu partages la chambre de ton cousin Robert, celui qui t'accompagnera sur la terrasse de l'Urbaine, le jour où tu jetteras ton tallith. Tu découvres la grasse matinée. La mama-gouvernante vous apporte le café au lait au lit... Vie de lenteur, de volupté, de rendez-vous avec les copains, d'excursions à la plage de Salé. Plus question de synagogue. Robert, à quatorze ans, est surtout versé dans la politique israélienne. Il évoque des formations aux noms inconnus de toi, le MAPAM (Parti unifié des ouvriers), le MAPAI (Parti des travailleurs d'Eretz Israël), les DRORS (Parti sioniste athée), comme s'il s'agissait de groupes de musique. Tu accompagnes tes cousines à la mer, tu « flirtilles », tu « sortilles », tu t'amouraches...

De retour à Fès, le milieu religieux t'est devenu insupportable. Tu remplaces les prières matinales à la syna par de longues séances de tirs au panier. Un ballon de basket, c'est du concret. Tu es né juif et tu le restes. Mais tu estimes ne pas appartenir à un prétendu peuple élu. En jetant ton tallith, tu dis : je suis libre. C'est ton frère Claude qui, bien plus tard, partira étudier à la yeshiva d'Aix-les-Bains, et deviendra rabbin.

As-tu déjà souffert de ta judéité ? Pas à ma connaissance. Ce sera plus tard, à l'âge adulte, quand l'éclatement de la guerre des Six-Jours t'empêchera de diriger la maternité de la Maréchale-Lyautey, à Rabat. Pourtant, un épisode humiliant s'est produit dans ton enfance. Tu pratiques tous les sports imaginables, pas seulement le basket et la natation. L'enfant rêveur que tu es à l'école aime se dépenser. Tu joues au foot à l'Étoile fassie. L'entraîneur vous enseigne les barres parallèles, la barre fixe... Tu t'exerces aux anneaux, t'élances sur le cheval d'arçons. Tu t'essaies à la boxe dans une salle, sans doute la fascination des gamins pour le « bombardier de Casablanca ». Sur la terrasse d'un immeuble, avec tes copains, vous avez monté un ring et organisé des matches entre vous. Vous n'avez qu'une paire de gants alors chacun boxe avec une main de cuir. Ton seul combat, tu l'as gagné aux points, aux poings aussi, face à un certain Terrones. Tu penses que l'arbitre, ce jour-là, t'a un peu favorisé.

Puis est venue ta passion pour le judo. C'est ton ami Félix Sabbah qui t'a introduit sur les tatamis installés au sous-sol de l'Empire. Tu sais vite quelques bonnes prises, et comment tomber sans te faire mal. As-tu retenu cette leçon ? J'ai l'impression que dans ta vie, tu es toujours mal tombé. Tu n'as pas eu beaucoup de temps pour te perfectionner. Un dirigeant a su que tu étais juif. Le club était coiffé par la police. Ton ami Félix a eu le mauvais rôle. C'est lui qu'on a chargé de te congédier. « C'était le protectorat », m'as-tu glissé sans insister. Félix aussi était juif. Mais un Juif français.

Tu ne lui as pas tenu rigueur de ton exclusion. Vous êtes restés amis. Vous vous étiez connus à l'âge de dix-sept ans, comme moniteurs de colonie. Vous aviez en commun le sport, un intérêt pour Israël et pour l'Ancien Testament. Son père était infirmier le jour et musicien la nuit. Il animait des bals musettes où tu aimais te rendre, pour l'ambiance. Ils formaient une famille assez idéaliste, très sioniste, convaincue que le monde était rempli de gens animés de bonnes intentions. Très tôt ton scepticisme l'a emporté. Pessimisme de l'intelligence et optimisme de la volonté : Gramsci a inventé la formule pour toi. Félix et les siens ont fait leur alya. Son père a travaillé sur des chantiers, à charrier des sacs de ciment et de gravier sur son dos à longueur de journée. De constitution fragile, il n'a pas supporté son sort. Au bout d'un an, désemparés par cette nouvelle vie, les Sabbah sont partis vivre en France. Alors Félix t'a écrit de longues lettres où il te confiait leur expérience malheureuse en Israël, leur bonheur d'être à

Paris. Il te parlait aussi du Quartier latin, de la rue de la Huchette, de Léo Ferré et de Juliette Gréco.

Si Dédé Tobaly était ton ami de cœur, Félix était aussi un fidèle. Comme Maurice Amsili, avec son humour grinçant et une repartie fulgurante. Un paresseux qui, le bac en poche, décréta que la journée commençait à midi. Il fit son droit à Fès et décrocha un poste taillé sur mesure pour lui, à la bibliothèque : il ne travaillait que l'après-midi. En 1964, lui aussi gagna Paris. Un infarctus massif le mit hors-jeu jusqu'à la fin de ses jours.

Tu as encore gardé le souvenir de l'amitié très profonde qui te liait à ton cousin Claude Simha. Vos séjours à Tanger, en Andalousie, votre découverte de la civilisation arabe… À Fès, tu l'avais amené chez les filles de Moulay Abdallah. Il ne s'était pas contenté de danser. Il fit sa médecine à Paris. Tu as une expression inattendue pour dire cela. Quand tu parles de Claude, ou de Maurice Amsili, tu dis qu'ils sont « retournés » à Paris. Comme si la capitale de la France avait été d'emblée leur ville d'origine, et Fès une parenthèse. Un lieu qu'on quitte forcément, en oubliant même qu'on y est né. Avant de se souvenir, juste avant de mourir.

Félix est devenu steward. Il a écrit sur la Bible et ses mystères. De vous tous, il était le plus près du ciel. Avec Maurice et Claude, vous vous retrouviez à Paris. Au Mabillon, près de La Rhumerie. Vous refaisiez le monde. Tu étais le seul à vivre encore au Maroc. Tu as regretté plus tard de ne pas les avoir suivis dans la capitale. Comme à Fès dans votre jeunesse, vous passiez des nuits entières à discuter, à rêver.

Le temps vous a filé entre les doigts. Tu as perdu ces trois amis. Le cœur de Maurice a fini par lâcher il y a une quinzaine d'années. Claude et Félix ont succombé chacun à un cancer, la gorge pour l'un, l'estomac pour l'autre. Toi tu restes encore un peu. Dédé tient la comptabilité rigoureuse des présents. Le groupe s'amenuise. Tu me parles de Jacquie Cherbit qui t'appelle parfois. Il est le fils d'une ancienne amie intime de Fréha qui avait épousé un Juif algérien. Ce dernier considérait bien sûr que les Juifs marocains manquaient d'éducation. Il le criait sur tous les toits, et les oreilles de Jacquie bourdonnaient de ce mépris. Avec lui vous faisiez de l'athlétisme. Tu en profitais pour le taquiner en lui demandant de confirmer les dires de son père. Il était ton camarade de resquille au cinéma. Un jour, tu t'es faufilé dans une rangée pour t'asseoir. Il t'a suivi. Puis il t'a lancé, pince-sans-rire : « Maurice, si tu étais algérien, tu m'aurais dit : "Jacquie, passe devant." Et moi, je t'aurais répondu : "Je n'en ferai rien." » Sans te démonter, tu lui as signalé que tu avais anticipé sa réponse en lui passant devant. Une grimace désabusée a parcouru son visage, comme Hardy devant une bévue de Laurel. Vingt ans plus tard, Jacquie t'a avoué que ce mépris des Algériens envers les Marocains lui avait toujours déplu.

Les vivants et les morts. Je ne sais plus, en marchant à travers les rues de Fès, si je me heurte à des souvenirs ou à des êtres bien réels. Quand il remet sa djellaba blanche, Dédé prend l'apparence d'un fantôme. S'il me montre le 50, rue Cuny, j'ai l'impression de voir le fondouk de Mardochée avec son voisinage. En réalité, je commets une erreur : c'est dans le mellah qu'on disait « le fondouk ». Dans la ville nouvelle, l'appellation choisie est plus noble : on parle du « dépôt ». C'était un espace ludique pour tes copains et toi. Il te paraissait immense, avec au fond à droite un hangar rempli de bottes de paille. Endroit idéal pour sauter de l'une à l'autre, pour se cacher.

J'imaginerais presque, devant moi, la petite carriole tirée par un âne que l'employé de ton père, Braham Ishhak, utilisait pour les livraisons. Tu piaffais de l'accompagner car, à peine le chargement déposé, Braham te laissait prendre les rênes. Quand le bourricot ne voulait pas avancer, tu lui piquais le derrière avec le bâton. Il était alors traversé d'un soubresaut et se mettait à foncer. Je te soupçonne de l'avoir titillé pour le seul plaisir de le voir détaler.

Mardochée détestait tourner en rond dans son dépôt. Dès qu'il pouvait, il filait en forêt pour choisir les coupes de bois. Tu ne te faisais pas prier pour l'accompagner. Un camion venait vous chercher aux aurores et vous preniez la route jusqu'au dessus d'Ifrane. L'affaire se traitait d'une simple tape de la main. Ton père avançait l'argent et la parole valait contrat. Après, vous avaliez un tajine à même le sol. Une seule fois le vendeur fit défaut. C'était un Français. Il avait obtenu des coupes comme lots de colonisation. Il prit l'argent de Mardochée puis vendit ailleurs la marchandise. Tu n'as pas oublié.

Ce que tu n'aimais pas, c'était remplacer ton père au bureau le dimanche matin. Un jour de mévente, un bonhomme en camionnette te proposa la moitié du prix affiché sur le bois. Tu refusas. Apprenant ta fermeté sur les tarifs, Mardochée te passa un savon. Un autre dimanche, confronté à la même situation, ton frère Claude accepta… et se fit houspiller par ton père. Après une explication orageuse avec son mari, Fréha décréta que plus jamais vous ne feriez les vendeurs. Et elle vous dissuada vivement de devenir commerçants.

Dans ce théâtre d'ombres que tu m'aides à reconstituer à distance, tu me parles d'un couple de Français qui habitait au 48, rue Cuny. Ils vivaient dans un dénuement pathétique, entourés d'une douzaine de chiots qui ne sortaient guère de l'appartement. L'épouse, une pauvre épave imbibée d'alcool, avait été premier prix du Conservatoire de Paris. Elle donnait sans succès quelques cours de piano. Le mari te coupait les cheveux dans la chambre à coucher, en chantant des grands airs d'opéra. Une odeur insupportable montait du lit où était rassemblé son auditoire sur pattes à l'évidence traumatisé. La coupe aux ciseaux était un supplice comme la coupe du bois était un délice.

Les vivants et les morts. Parmi les premiers, j'allais oublier ton cousin germain André Dahan, demi-frère de Charlie Delmar, fils de Gracia, une jeune sœur de Mardochée. Après avoir perdu son mari pendant l'épidémie de typhus, Gracia épousa un homme veuf et ami de ton père, Mouchi Dahan, originaire de Colomb-Béchar. Ensemble ils ont eu André que ton oncle Samuel prenait pour un cancre. À un directeur d'école, il écrivit que son neveu était un minable. Ton cousin ouvrit la lettre et sut à quoi s'en tenir. L'oncle Samuel, c'était lui qui, à la mort de Ninette, t'avait fixé avec mépris, convaincu que tu ne serais jamais rien dans la vie. Tu as fait mieux que rien. Quant à André Dahan, il devint plus tard président du groupe américain ATT puis de la firme technologique israélienne Comverse, cotée à New York. Il est un ami proche d'Annie, ta jeune sœur, comme Charlie l'était de Ninette que je cherche maintenant. Je viens d'entrer dans l'enceinte du cimetière juif, bien décidé à retrouver sa sépulture.

11

Les morts aiment-ils jouer à cache-cache ? S'amusent-ils à changer de place selon leur fantaisie ou leur humeur, remuant les pierres ou, mieux, passant à travers ? Questions saugrenues qui me viennent en parcourant une allée principale du cimetière où je croyais ta sœur enterrée. Je mesure ce qu'il y a d'étrange à penser « je vais voir Ninette ». C'est que, depuis mon arrivée à Fès, il me semble mieux la connaître, et même la comprendre un peu. Elle est comme ces étoiles dont la lumière continue de briller après qu'elles ont disparu. Au fil des pas, s'est noué le fil des mots. Ninette la rebelle, Ninette la meneuse. Ninette et sa curiosité, son insolence, sa dureté parfois. Ninette malade, aux prises avec la typhoïde qui la dévore, puis guérie, redoublant d'appétit pour la vie. Ninette et sa joie étincelante, ses envies d'ailleurs, d'un monde plus grand, avec de la fantaisie, des gens nouveaux, de la musique, de la gaieté. J'ai à l'esprit sa photo de collégienne, ses chaussettes blanches tirées jusqu'aux genoux, la croix tracée au stylo-bille pour la désigner. Je garde en tête ton expression, ta référence pour la décrire pendant sa maladie : « maigre comme les déportés à Dachau ». Et puisque les prénoms parlent, je ne peux m'empêcher, sur le visage figé de Ninette, d'insuffler les traits vifs et souriants d'Annie, ta jeune sœur qui si longtemps ignora ce lien avec l'endormie du cimetière de Fès.

Soudain elle est là. Je suis passé tant de fois sans la voir. La tombe est bien où je pensais, à l'endroit où je l'avais découverte il y a deux ans, sous un doux soleil d'automne, dans les tons blanc cassé. L'autre jour, j'ai arpenté en vain les mêmes allées. Sensation bien mystérieuse. Peut-être n'est-ce pas un jeu, mais une simple volonté des morts de se montrer seulement quand ils le souhaitent. Maîtres du temps et des apparences.

Le vrai maître ici est Edmond Gabey. Un éternel jeune homme de quatre-vingts ans qui semble puiser sa vitalité dans la compagnie silencieuse des disparus. Depuis des années il règne sur ce peuple juif allongé. On raconte que ce cimetière est le seul informatisé qui ait jamais existé. On exagère

Edmond s'est retourné dans ma direction. Il me fait signe. Ah, le petit musée juif. Pourquoi pas, après tout. Le temps de parcourir la grande allée, d'apercevoir le mausolée aux taches bleutées de la martyre Lala Soulika, et de gravir quelques marches. Je pénètre dans une première salle encombrée d'objets hétéroclites. Des livres, des vêtements de cérémonie. Des objets de prière que je ne saurais nommer. L'autre soir, le docteur Guigui m'a offert un tissu mauve et brodé d'inscriptions dorées qui sert à envelopper le pain du Shabbat. Je reconnais le même, parmi d'autres étoffes. Amas indescriptible et foisonnant de tapis, de tableaux, de vases décorés, de sculptures ciselées. Devant l'entrée, en guise d'agent d'accueil, le mannequin d'un pilote de ligne au pull bleu foncé, frappé de l'étoile de David. Edmond s'installe près de lui pour la photo. Le pilote – à moins qu'il s'agisse d'un steward – tient entre ses mains de résine une plaque minéralogique du Nevada. Je ne comprends pas l'astuce. Il existe un mot hébreu qui signifie la générosité. Il se dit *nebada*.

Il me semble parcourir un stand folklorique. Edmond me glisse que tout, ici, provient des anciens habitants du mellah. Ils ont donné leurs biens très intimes pour que subsiste leur mémoire, la trace de leur passage à Fès, avant le grand départ.

Alors commence mon malaise. Une vitrine renferme des dizaines de *mezouzot*. Blanches, argentées, plates, coniques, métalliques, en verre, ouvragées ou lisses. Elles sont donc là. Les cicatrices à chaque porte du mellah trouvent leur explication. Une *mezouza* est un bel objet. Un tas de *mezouzot* est un crève-cœur. Ce n'est pas fini. Je descends quelques marches et me voici dans un couloir qui dessert une suite de pièces poussiéreuses. J'entre dans la reconstitution d'une salle de classe. Plumiers et cahiers d'écoliers, tabliers, craies, stylos, cartes murales de géographie. À côté, une pièce médicale. Une banderole du dispensaire de l'OSE pour une très ancienne « nuit de la bienfaisance ». Des brosses à dents, des boîtes de médicaments, des seringues et dans ce fatras, comme perdues, des raquettes de Jokari. Je lis un certificat médical établi par un chirurgien de Fès le 28 août 1954, certifiant « avoir examiné Mlle X, âgée de 18 ans, et avoir constaté l'existence d'un hymen annulaire à rebords nets et ne présentant aucune déchirure. Cette jeune fille peut donc être considérée comme vierge ».

Mon regard se pose sur un vieux Vidal médical, un fanion, des réveils, des clystères, un clown qui joue du violon, des peluches gonflées d'humidité, grises de crasse, les yeux éteints. Puis encore des livres, un Lapierre et Collins déformé par le temps, *Ô Jérusalem*, des ouvrages pour une jeunesse disparue. Plus je m'enfonce dans les salles, plus je ressens l'oppression qui m'avait gagné dans les ruelles sombres du mellah.

Pour sortir à la lumière du jour, je crois prendre un raccourci en traversant une pièce que je n'ai pas encore vue. Elle paraît plus vivante, avec tous ces cadres accrochés aux murs, qui offrent une étonnante galerie de portraits. Les photos sont pour la plupart en noir et blanc. Une adolescente aux yeux très clairs pose en direction de l'objectif. C'est la sœur de Jacques Mamane. Sur le coin droit, en bas, elle a inscrit cette phrase à l'encre noire : « À mon fiancé bien-aimé. » Je découvre des photos d'écoliers, une classe de 1948, professeur M. Simha, un Turc bien sûr. Je cherche si par hasard… Non, tu n'y es pas. Une femme ronde et forte ressemble à s'y méprendre à ta grand-mère Zohra, avec son turban autour de la tête, son cou puissant. J'ouvre au hasard des albums de famille déposés sur une table. J'ai la sensation d'être indiscret. Je regarde ces inconnus. Et ils me regardent.

Ce n'est plus un malaise que j'éprouve. C'est un sentiment d'étrangeté. Plutôt, la conscience d'être étranger à cet univers. Je me sens illégitime. Un complet imposteur. Bien sûr, il existe tous ces signes qui me rattachent à toi et aux tiens, à commencer par la ressemblance des traits, certaines attitudes, un léger défaut de prononciation, les *s* qui sifflent. Sans doute est-ce le sort et le travers des enfants naturels que de ne jamais se sentir très bien là où ils sont. Je reste, face à ces morts et enterrés, et envolés, une sorte de pièce rapportée. Un intrus. Nul ne le voit mais j'en ai une conscience aiguë. Qui suis-je, moi qui ne sais pas dire trois mots d'hébreu, et encore moins les lire ; qui ne sais pas commencer une prière et encore moins la comprendre ? À cinquante-deux ans passés, je me sens comme un gosse pris en flagrant délit de mensonge. Il faut finir la comédie. Ces gens exposés ne me sont rien. Ils ne ressemblent à aucun des êtres que j'ai connus et aimés dans ma vie.

Je me souviens qu'au début, dans mon adolescence, je n'éprouvais aucun sentiment pour toi. Juste un peu de curiosité vite satisfaite. Nous aurions pu en rester là. Il a fallu l'épreuve – ou la preuve – du temps pour que les sentiments se fraient un chemin à travers la pierre de ma conscience, plus dure semble-t-il que celle des tombes du cimetière juif. Parfois, surprenant mon reflet dans une vitre, je découvre un presque vieux Sépharade. J'aurai grandi chrétien, baptisé, confirmé, communié, béni du seul dieu possible pour ma famille, et me voilà basculant de l'autre côté, insensiblement, sans un bruit, sauf celui de mes pas dans ce sanctuaire du mellah déserté par ses premiers habitants. Je ne deviens pas juif. Je deviens pareil à toi qui, ta vie entière, as tenu la religion en respect au bout d'un sourire sceptique.

Ici se fortifie mon sentiment d'imposture. J'ai exploré le chemin que tu as quitté. Tu t'es affranchi de ta judéité quand je la cherche pour te retrouver. J'ai rallumé la flamme des souvenirs mais son feu est d'artifice. J'ai choisi Fès comme lieu de rencontre et je piétine dans des rues mortes. Je le savais pourtant, tu me l'as dit et écrit. Quelle chance avais-je, en marchant dans ta ville natale, de tomber sur toi ? Aucune. Comme le voyage s'achève, je lis ton dernier écrit en demi-teinte.

> *J'ai pris conscience assez tardivement que « le marcheur » allait être moi. Bien sûr cela me touche de te voir repasser dans mes pas, et je me suis soumis à répondre à toutes tes interrogations le plus précisément possible. J'envisageais de laisser à mes enfants quelques pages rappelant mes origines et ma vie. J'y tenais à cause du virage que j'ai pris volontairement au regard de la tradition. Celle-ci aurait voulu que j'épouse une Juive et que mes enfants soient instruits à la Torah. J'ai souvent rencontré des « gentils » qui m'ont soufflé avoir un aïeul juif. Ils l'ont fait à voix basse, comme*

s'ils craignaient qu'on puisse les entendre, comme s'ils avouaient une maladie honteuse. Moi j'ai eu très tôt une passion pour la civilisation française. Je souhaitais m'intégrer, pas m'assimiler. La France est un pays laïc mais reste « la fille aînée de l'Église ». J'épousais la France laïque mais je pensais bien que ma descendance pourrait s'allier au catholicisme et peut être à l'islam.

Mes prévisions commencent à se réaliser et je n'éprouve aucun ressentiment. Envisageant d'écrire mes mémoires, j'aurais voulu que ma descendance n'ait pas honte de ses origines et renonce à les escamoter. Ce travail, tu l'as accompli. Un bémol tout de même. Je suis un homme pudique. Ce message, je pensais le réserver à ma famille. Ou bien à la rigueur, qu'il soit publié après mon départ. Ou encore, je te l'avais suggéré, en remplaçant mon nom par « mon père » ou simplement par un « il » anonyme. Réflexion faite, avance comme tu l'as décidé. C'est aussi pour toi une façon de revendiquer tes origines. Alors laissons les choses en l'état.

Kierkegaard l'a écrit : « Le chemin n'est pas difficile, c'est le difficile qui est le chemin. » Nous avons marché de concert, au plus près l'un de l'autre ; moi dans ton passé, et toi, par la pensée, dans mon bel aujourd'hui, celui où les douleurs se remettent à zéro. Ce voyage me laisse un sentiment de vertige. Avant, je ne savais pas d'où venaient mes pas. Je découvre à présent qu'ils viennent d'un néant peuplé de silences et d'oubli.

Je cherche quelqu'un. Dans l'espace-temps de ce musée, il me manque un lien. Mon regard se promène sur les murs tapissés de photos. Rares sont celles en couleur. J'en vois une grande pourtant, qui montre un rabbin coiffé de son chapeau, une main ouverte, saluant la foule. Il sourit. On dirait une scène de *Rabbi Jacob*. Une autre photo retient mon attention. Elle est plus petite. Je dois m'approcher pour en découvrir les détails. Je reste bouché bée. C'est un garçon d'environ treize ans, le visage serein, l'air épanoui, un livre de prière ouvert entre ses mains. C'est moi.

Moi ? Je me frotte les yeux. M'approche encore. Oui, c'est bien moi. Le jour de ma communion solennelle. J'en jurerais : j'ai la même à la maison, dans un album de famille. La même attitude paisible, le même regard qui fixe. À quelques différences infimes. Sur sa chevelure épaisse et châtain – comme la mienne à cet âge –, le garçon porte une kippa. Là où je disparaissais sous une aube blanche, avec au cou une petite croix de buis, lui a passé un châle clair sur une veste noire. Et un nœud papillon en guise de cravate. Son regard est vert quand le mien est marron. Pour le reste, ce garçon est mon sosie.

Je me suis reculé brusquement. Je regarde d'autres photos, des vieilles barbes, des beautés aux allures de comédiennes d'Hollywood, des écoliers en rangs d'oignons. Mais je reviens sans cesse à cette photo. Une petite tache de couleur dans la grisaille. Je dois rêver. Mon sosie est un jeune Juif épinglé au musée de Fès le jour probable de sa bar-mitsva. Au grain de la photo, à sa décoloration, je reconnais un document du début des années soixante-dix. Pour une fois, c'est « raccord » avec mon histoire. Je suis en pleine concordance des temps. Mon esprit gamberge. Pendant que je faisais ma communion à La Rochelle, un garçon de mon âge, et me ressemblant trait pour trait, célébrait à Fès sa majorité religieuse. Je le formule autrement : à l'instant où je déclarais sans trop y croire ma fidélité à Dieu dans une église de la vieille cité huguenote, un autre moi-même prononçait en hébreu les prières rituelles de sa communauté.

Je me sens comme une âme très ancienne qui navigue entre deux mondes. À ma naissance, j'ai pu me dédoubler, comme un jeu de clés qui ouvrirait plusieurs portes. J'essaie d'imaginer ce qui serait advenu si tu avais épousé maman, si elle s'était choisie un prénom juif. Si nous avions vécu dans ton pays. Si, contrairement à tes choix profonds et intimes, tu avais suivi le cours de ta religion. J'aurais été circoncis, j'aurais appris l'hébreu comme tu l'avais appris, peut-être même me l'aurais-tu enseigné. J'arrête là.

Aucun de tes enfants n'a reçu cette éducation. Tu t'étais détourné depuis longtemps. Les intolérances soulevées par ma naissance n'auront rien arrangé.

Avant de quitter le petit musée juif, je n'ai pu m'empêcher de photographier cette image de mon double figé au début de l'adolescence. Je me demande bien où il vit à présent, s'il vit encore, quel est son nom. Je ne serais pas surpris qu'il soit un Serfati, un Elalouf, pourquoi pas un Maman, avec ou sans *e* final. Je capture ses traits pour mieux les rapprocher des miens, quand je serai rentré en France. Je sais où sont enfouies mes photos de communiant. Je ne les ai plus regardées depuis une éternité. Elles m'ont toujours paru sonner faux. Dessus, ce n'est pas moi. Maintenant je sais pourquoi.

Épilogue

Nous sommes vendredi. Jour de prière en Islam. Les taxis sont rares. À la sortie du cimetière, je reconnais les indigents sur le trottoir. Si je veux éviter le mellah, je dois partir à l'opposé, par la place du Commerce. Je longe les hauts murs du palais. J'aperçois ce que tu appelais les jardins des Oliviers, là où les petits Juifs extérieurs à la ville européenne te « coursaient » à la sortie de l'école israélite. Je débouche sur une vaste esplanade qui jouxte les grilles du palais. Je cherche sans succès les cages aux fauves où les persécutés avaient trouvé un curieux refuge, pendant le Tritl. Je cherche surtout ma route. Je suis perdu.

Il me semble que pas si loin, pourtant, se dresse un horizon familier de cafés et d'immeubles. Je m'engage dans cette direction. J'atteindrai le boulevard circulaire et de là, j'aurai peut-être la chance d'arrêter un « petit rouge » qui me ramènera vers le centre, en fonçant comme un chauffeur romain.

J'ai marché quelques minutes et mon trouble grandit : je reconnais déjà la rue d'Indochine avec l'immeuble d'angle où vous habitiez. Je repère le balcon arrondi au ciment strié, et aussi la plaque de la gynécologue qui exerce dans votre ancien appartement. Comment est-ce possible ? En me retournant, j'aperçois encore l'entrée du vieux quartier juif. Pour la première fois depuis mon arrivée à Fès, je réalise que le mellah et la ville moderne sont séparés d'un souffle. La distance était dans ma tête, comme elle était sans doute dans la vôtre.

Il a donc fallu moins d'un kilomètre au destin pour que Moshé devienne Maurice, pour que les Juifs fassis se rapprochent de la puissance coloniale aux moustaches de Vercingétorix.

Je chauffe. Je brûle. J'ôte le bandeau de mes yeux. Je te vois qui marches à ma rencontre. Nous venons de si loin ! Tout se resserre à présent. Tout se rapproche à se frôler. Tout se rejoint. Le mellah touche la rue d'Indochine. Le Maroc touche la France. Tu me touches.

Du même auteur

Aux éditions Gallimard

Caresse de rouge, 2004, prix François Mauriac de l'Académie française 2004 (Folio n° 4249)
Korsakov, 2004, prix Roman France Télévisions 2004, prix des Libraires 2005, prix Nice-Baie des Anges (Folio n° 4333)
Petit Éloge de la bicyclette, 2007 (Folio n° 4619)
Baisers de cinéma, 2007, prix Femina 2007 (Folio n° 4796)
L'homme qui m'aimait tout bas, 2009 (Folio n° 5133), Grand Prix des lectrices de *Elle* 2010
Questions à mon père, 2010 (Folio n° 5318)
Le Dos crawlé, 2011 (Folio n° 5515)
Mon tour du Monde, 2012
Suite à un accident grave de voyageur, 2013
Petit Éloge du Tour de France, 2013 (Folio n° 5607)

Aux éditions Stock

Les Éphémères, 1994
Aventures industrielles, 1996
Cœur d'Afrique, 1997, prix Amerigo Vespucci (Folio n° 5365)
Voyage au centre du cerveau, 1998
Nordeste, 1999 (Folio n° 4717)

Un territoire fragile, 2000, Prix national des bibliothécaires, prix Europe 1 (Folio n° 4856)
Je pars demain, 2001, prix Louis Nucera (Folio n° 5258)

Chez d'autres éditeurs

Le Festin de la terre, Lieu Commun, prix du livre d'Économie, 1988
Les Années folles des matières premières, Hatier, 1988
La France en friches, Lieu Commun, 1989
La Piste blanche, Balland, 1991
Rochelle, Fayard, 1991 (Folio n° 4179)
Moi aussi je me souviens, Balland, 1992
Besoin d'Afrique, avec Christophe Guillemin et Érik Orsenna, Fayard, 1992
L'Homme de terre, Fayard, 1993
Les Héritiers de la République, Calmann-Lévy, 2012

Beaux-Livres

Le Tiers sauvage, un littoral pour demain, préface d'Érik Orsenna, photographies d'Aldo Soares, Gallimard Loisirs, 2005
Marée basse, avec Éric Guillemot, Gallimard Loisirs, 2006
C'était ailleurs, avec Hans Silvester, La Martinière, 2006
La France vue du Tour, avec Jacques Augendre, Solar, 2007, prix Antoine Blondin
Paris plages : de 1910 a aujourd'hui, Hoëbeke, 2010
Femmes éternelles, avec les photographies d'Olivier Martel, Philippe Rey, 2011
Berbères, avec les photographies d'Olivier Martel, Philippe Rey, 2012

Photocomposition Nord Compo

ımpression réalisée par
CPI Brodard et Taupin
La Flèche

pour le compte des Éditions Calmann-Lévy
31, rue de Fleurus, Paris 6^e
en août 2013

calmann-lévy s'engage
pour l'environnement en réduisant
l'empreinte carbone de ses livres.
Celle de cet exemplaire est de :
500 g éq. CO_2
Rendez-vous sur
www.calmann-levy-durable.fr

PAPIER À BASE DE
FIBRES CERTIFIÉES

N° d'éditeur : 5186754/02
N° d'imprimeur : 3001886
Dépôt légal : septembre 2013
Imprimé en France